ちゃれんじ？

東野圭吾

角川文庫
14734

ちゃれんじ？

◆

目次

おっさんボーダー誕生秘話

スノーボードを始めることにした。というより、もう始めてしまった。思えば、ここにいたる道のりは長かった。

スノーボードは、一九六〇年代にアメリカのミシガン州で始められた、とされている。しかししばらくの間はマイナーな存在であった。私にしても、高校・大学時代、かなり頻繁にスキーに出かけたが、それらしきものを目にしたのはたった一度きりである。しかもそれは現在のスノーボードとは全く違っていて、大きさはスケートボードぐらい、足も固定しないという代物だった。どこかの若者がそれを使って遊んでいたのだが、もしかしたら手製の板だったのかもしれない。

私が初めて本格的にスノーボードを操っている人物を目にしたのは、スクリーン上においてだった。『007　美しき獲物たち』という映画だ。この映画の冒頭に、お馴染《なじ》みジェームズ・ボンドがスノーモービルで敵から逃げるシーンがあるのだが、途中でスノーモービルを破壊されたボンドは、なんと落ちていたモービルの片方のそりに乗り、雪上をサーフィンのように滑って逃げるのだ。BGMにはザ・ビーチ・ボーイズのカバー曲が流れていた。あの時のスタントマンは、いうまでもなくプロのスノーボーダーだったのだろう。私は衝撃を受けた。世の中にはすごいことをやろうと考える人間がいるものだなと感心した。

しかしその後長い間、私がスノーボードを意識することはなかった。就職後はスキーに行くことも少なくなり、「最近はスノボーをしてるやつが時々いるんだけど、あれ、邪魔でしようがないよ」とスキーヤーたちがこぼしているのを聞いても、他人事のようにしか思えなかった。

だがスノーボードの人気が高まり、スキーヤーとボーダーの比率が逆転しそうだとまで聞くと、次第に無視できなくなってきた。頭に浮かぶのは、ジェームズ・ボンドのあの格好いい滑りっぷりである。いつかやってみたい、と思うようになっていた。

とはいえ、物事には限度というものがある。いくら何歳から始めても大丈夫だといわれても、四十に手の届くオッサンには無理だろうと思ってしまった。かくして、やってみたいという気持ちは、やってみたかった、に変わっていったのである。

ところが運命（大げさだが）というのはわからない。ある夜、銀座で飲んでいたら、隣の席にいた人物から話しかけられた。私より年上に見えるその男性は、『スノーボーダー』という雑誌の編集長だった。彼が私に声をかけてきたのは、同じ出版社から私が小説の新作を出すことになっていたからだ。宣伝ついでに付け加えれば、その新作とは現在発売中の『レイクサイド』である。

私は新作への礼などどうでもよかった。これは自分にとって最後のチャンスではないか、と突然閃《ひらめ》いたのだ。私はその編集長のM氏に、ぜひスノーボードに挑戦したいのだ、といってみた。ちょっと酔っ払っていたM氏だったが、私の申し出に、じゃあ今度お誘いしますよ、と気軽に応じてくれた。

あまりにも簡単に話が決まったので、逆に不安になった。酒の席での話、と片づけられそうな気がしたからだ。私は念を押すことにした。

「僕は本気なんですよ。いいんですね。酔った勢いでいってるんじゃないんですよ。本当に誘ってくださいよ。この件を適当に流したら承知しませんからね」

半ば脅しである。それくらい私は必死だったのだ。とろんとした目をしていたM氏も次第に真顔になっていった。

「わかりました。こっちも本気でお誘いします。その証拠として、新しい板を東野さんにプレゼントします。それでどうですか」

「えっ、本当ですか」

これには思わず頬を緩ませた。プレゼントします、という言葉を聞くのは大好きだ。

その夜はそれで別れたが、やはり私は不安だった。あんなことをいっていたが、結局冗談ということで済まされるんではないかと思った。ところがそれから数日後、本当に板が送られてきたのである。これにはびっくりした。しかも『レイクサイド』の担当であるT女史からも連絡があった。

「Mから話を聞きました。スノボーを始められるそうですね。では『レイクサイド』が完成したあかつきには、打ち上げを兼ねてスノボーツアーをいたしましょう」

全くの偶然だが、T女史はかつてM氏の部下で、スノーボード合宿なるものに参加させられたことがあるのだという。したがってなかなかの腕前らしいのだ。

ひょんなことから意外なニンジンをぶら下げられた私は、その日から『レイクサイド』の執筆に全力を投入した。他社の編集者からは、あんなに忙しいといってたくせに、どうして書き下ろしなんかをしている時間があったのかと不思議がられたが、じつはそういうからくりだったのだ。

無事に原稿を書き上げた私は、作品の感想を述べるT女史の言葉を適当に聞き流し、

「それで例の件はどうなっていますか」と催促した。

「もちろんMも楽しみにしています。今からですと、三月ということになりそうですが」

私は唸《うな》った。そんなにのんびりしていたら、今シーズンはそれ一回で終わってしまうではないか。私は『レイクサイド』の最終校了はいつかと尋ねた。二月二十七日です、という答えだった。

「では二十八日はいかがですか」

「えっ、次の日ですか」

さすがにT女史はのけぞった。

「ぼやぼやしていたら雪がなくなっちまいますよ。善は急げです」

こっちのやる気が伝わったのか、T女史は大きく頷《うなず》き、「ではそのセンで計画してみましょう」といってくれた。

さて計画が具体化してくると、こっちはもう遠足前の小学生気分である。友人知人に今度スノーボードに挑戦するぞと吹聴《ふいちょう》して回った。羨《うらや》ましがられるかと思ったが、そんなことは全くなかった。たとえば友人たちは徹底的に私を脅した。

「いいトシしてよくやるな。俺の知っている女の子はスノボーで腰の骨を折ったぞ」

「ゲレンデから救急車で運ばれるのは、スキーヤーよりボーダーのほうが圧倒的に多いらしいぜ」

「スキーとは比較にならないぐらい転ぶそうだ」

「転んだ拍子にエッジで頭を切った奴もいる」

家族はまた馬鹿の気紛れが始まったという反応である。

「あんたのトシから始めたって、あともう何年もできないじゃないの」(姉)

「そんな苦難の道を選ぶより、優雅な釣りでもどうだい」(義兄)

「えっ、何するて? 何ボー? 鉄棒?」(母)

編集者は当然、内心反対という顔つきだ。

「どうか怪我だけはしないでください。指と手だけは守ってください。怪我するとしてもうちの締切が終わってからにしてください」(某社編集者)

それでも一応全員、「まあやるからにはがんばって」と形だけかもしれないが、最後にはエールを送ってくれたのだった。

で、いよいよ初体験の日がやってきた。行き先はガーラ湯沢である。同行してくれたのはT女史と彼女の上司S編集長だ。『レイクサイド』は無事前日に校了となっていた。二人とも晴れ晴れとした顔をしている。

私は四十四歳、S編集長は私より一歳下、T女史の年齢は伏せておくが、三人合わせて

間違いなく、これまでの人生で最も多く転んだ日である。

百二十歳を超えるのはたしかだ。おそらく今日ゲレンデで出会うグループの中では、ダントツに平均年齢が高いだろうなどと新幹線の中で話す。

御存じの方も多いだろうが、ガーラ湯沢は新幹線を降りたらそこはもうスキー場である。先に送ってあった荷物を受け取り、更衣室で着替えたら、あとはゴンドラに乗るだけだ。ところで私はM氏から板しか貰《もら》っていないので、ほかのものはすべて御茶ノ水の有名スポーツ店で揃えた。店にいた客の中では、明らかに私が最年長であった。

ゲレンデに着いたら、早速レッスン開始だ。インストラクターは鈴木さん。二十八歳のなかなかの二枚目である。

無茶苦茶もてるんだろうなあ、などと考えながら、準備運動にとりかかる。ストレッチが主だ。

ボードの装着方法、転び方、ゲレンデでのルールなどをまずは教わる。このあたりスキーと同じだ。続いてボードに片足だけ装着した状態での移動。これをスケーティングという。さらに坂の上り方。じつはこのスケーティングと坂上りでかなりへばってしまった。体力の六十パーセント以上を費やしたといっても過言ではない。

基本的なことをそこそこ練習すると、リフトに乗りましょうかと鈴木さんが提案してきた。ろくに滑れもしないのに無謀な気もするが、とにかく坂上りをするのが嫌で、乗りましょう乗りましょう、と賛同した。

ペアリフトだったので、私は鈴木さんと一緒に乗った。途中、年齢を訊《き》かれたので正直に答えたら、鈴木さんは一瞬絶句した後、「いやまだまだ大丈夫ですよ」となぐさめてくれた。内心では、えらい奴らを教えることになっちゃったなあ、と後悔していたかもしれない。

リフトを降りたらいよいよ本格的に滑る練習だ。その内容を詳しく書いても仕方がないだろう。要するに、滑ったり、曲がったり、止まったりする練習である。私もS編集長もよく転ぶ。滑ろうとして転び、曲がろうとして転び、止まろうとして転び、転ぼうとする前に転ぶという有様だ。しかしこれが楽しいのである。四十四歳と四十三歳のおっさん二人が、雪だらけになって転がっているのだから、面白くないはずがない。ちなみにT女史はすいすい滑っている。時折止まって、我々を見たりしている。私とS編集長の当面の目標はT女史ということになった。

二時間のレッスンを受けると、どうにかこうにかターンらしきものができるようになってきた。自分でもかなり意外だった。

「おっおっおっ、すべっとるすべっとる、おっおっ、曲がった曲がった、おっおっ、また曲がったまた曲がった、いけてるがないけてるがな、スノボーしてるがなスノボーしてるがな、オッサンがスノボーしてまんがな」

まさかこんなふうに口に出していたわけではないが、心の叫びは大体こういう感じである。遅れてやってきたM氏もカメラを構えながら、「いやー、初めてでそれだけ滑れれば上出来ですよ」といってくれた（注・お世辞が含まれていることに気づかぬほど鈍感ではない）。

結局夕方まで滑った。汗びっしょり、全身くたくたである。温泉につかり、ストレッチをしていたら、あまりの快感に気を失いそうになった。

夕食後、M氏に誘われて夜の街へふらふらと出かけていった。ウイスキーの水割りを飲みながら、昼間にビデオ撮影してもらった自らの滑りを観賞する。画面の中で私は殆《ほと》ど転んでいる。しかしたまには滑っている。そしてターンもしている。

私の頭の中では、またしてもジェームズ・ボンドの素晴らしい滑りが蘇《よみがえ》っていた。いつになればあんなふうに滑れるのか、そんな日は果たして来るのか。

まあいいだろう、とりあえずは第一歩を踏み出したのだ。

（二〇〇二年三月）

おっさんスノーボーダー奮闘中

というわけで、スノーボードに夢中なのである。で、もう一度エッセイを書けといわれたので、しつこいといわれるのを覚悟の第二弾だ。ところで前回のタイトルについて、『スノーボーダー』編集長のM氏より、

「ボーダーというのはよくない。略さず、スノーボーダーと書いていただきたい。もしくはライダーでもよい」

という御意見をいただいた。なるほど、いろいろこだわりがあるものなのだなあ。新参者としては、先輩の御意見にはしたがうのみである。それで今回は『おっさんスノーボーダー』と称させていただいた。

さてガーラ湯沢でスノーボード初体験を終えた私であるが、身体の節々の痛みが去ると、もう滑りたくて仕方がない。しかも日付はすでに三月に入っている。ぐずぐずしていると、

シーズンは終わっちゃうのである。

焦った私は、早速水上《みなかみ》高原スキー場に行くことを決意する。なぜ水上高原かというと、大した理由はない。じつはガーラ湯沢に行く前に誘われていた場所が水上高原だったからである。長らくスキー場に足を運んでいなかった私は、どこにどういうスキー場があるのか、全くわからなかったのだ。

スキー場のホテルは予約した。だがそれまでに少し日にちがある。といっても数日であるが。

前回も登場のT女史に電話をかけてみる。

「ザウスが九月で閉鎖になるそうです。それまでに行きませんか」

「いいですねえ。いつでもお供します」

数年ぶりにスノーボードをしたというT女史も乗り気である。S編集長も誘ってみると、会議の予定を変更してでも行くという。百二十歳超トリオ、元気満々である。

ちなみにザウスとは千葉県にある世界最大級の室内ゲレンデ。年中滑れるというのが売りだったが、いろいろと事情があって閉鎖が決まってしまったのだ。

T女史と待ち合わせて私の車でザウスに行くと、すでにS編集長は建物の前で待っていた。しかも着替えも終えている。スノーボード・ブーツを履き、ニットの帽子までかぶっているのである。このやる気はどこから出てくるのか。職場でもこんなにバイタリティ溢《あふ》れる仕事ぶりなのだろうか。話を聞けば、ついに板とビンディングを買ったのだそうだ。ただしブーツは貰《もら》い物で（買えよ）、ウェアは依然として借り物だった（買えよ）。

挨拶《あいさつ》もそこそこに我々はザウスに入っていった。平日の午前中だからきっとガラガラだろうと踏んでいたが、なんと高校生らしき若者で溢れている。どういうこっちゃ、と我々は顔を見合わせた。

どうやら高校は春休みに入ってしまったらしい。それで暇な高校生たちが、いっちょスノボーでもやるか、と押し掛けてきたわけだ。

高校生の中に百二十歳超トリオ。これはふつうならばかなりきつい。しかし我々は気にしない。何せガーラで鍛えてきているのだ。

前回のレッスン内容を思い出しながら二時間ほど滑ったところで、S編集長が仕事のため引き上げねばならなくなった。

「いやあ、残念ですねえ」

と私は口ではいってみるが、内心はほくそ笑んでいる。ふっふっふ、これで俺のほうが少し余分に練習できる、差をつけられるわい、というわけである。S編集長、私のことをちょっと恨めしそうに見ながらザウスを去っていく。

この後、スノーボードタイムが終了するまで（ザウスではスノーボードタイムとスキータイムが分かれている）私とT女史は滑りまくった。どれぐらい一生懸命滑ったかというと、翌朝起きたT女史が、自分の下半身の異変に気づき、あわててサロンパスを貼りまくったぐらいである（この部分はT女史の告白による）。

ザウスで前回のおさらいを終えた私は、その二日後には水上高原スキー場のゲレンデに立っていた。このことはS編集長は知らない。T女史にも口止めしてある。完全な抜け駆け練習である。

だが計算違いがあった。水上高原スキー場は、どっちかというと家族連れが多いのだ。それの何が問題かというと、圧倒的にスノーボーダーよりスキーヤーのほうが多いことである。

夫婦でスキーをし、その子供にもスキーを教えている、という光景がいたるところで見られた。親の年齢は、大体私ぐらいである。つまりはスノーボード世代ではないわけだ。

彼等を観察するうちに、私は一つ、ひねくれた印象を抱いた。親たちがまるで、自分の子供をスキー派に洗脳しようとしているように見えたのだ。まかり間違っても子供の関心がスノーボードなどに向かぬよう、厳しく目を光らせているようにも思えた。仮に子供がスノーボードに夢中になってしまったら、スキーを通じて親の偉大さを示そうという目論《もくろ》見《み》は泡と消えてしまう、いやそれどころか、ゲレンデで一緒に楽しむことさえできなくなってしまう、息子や娘をあのにっくきスノーボード派などに奪われてはならぬ――というわけである。それともこれはちょっと意地悪過ぎる見方か。

まあそんなことはどうでもいい。とにかく水上高原にはスキーヤーが多かったのだ。ゲレンデそのものもスキー向けに作られているようだ。そのせいで存分に滑るというわけにはいかなかった。しかし、出発前に頭に叩《たた》き込んでおいた理論を実践してみる機会は十分にあった。その理論とは、雑誌『スノーボーダー』や『スノーボードこれですべれる最速マスター5日間』（実業之日本社）から得たものである。特に『これですべれる――』はすごい。何しろこれに基づいて練習すれば、たったの五日間でハーフパイプやジャンプまでこなせるようになるはずなのだ。もっとも後日この本の責任者でもあるM氏を問い詰めたところ、「あれは嘘です」とあっさり白状されてしまった。「たった五日でそんなことできるわけないじゃないですか。ははは」と居直る始末である。おそらくそうだろうなと思っていたので、別に腹も立たなかったが。

二週間後ぐらいに水上高原でのことをS編集長に話すと、彼は目を吊《つ》り上がらせて抗議した。

「ええー、それはないじゃないですか。そんなのずるいじゃないですか。自分ばっかり練習して。きたねえなあ。そんなのないよ」

笑って許してくれるものとばかり思っていた私は、彼の大人げない逆上ぶりに目を白黒させるばかりである。四十過ぎの男が、スノーボードの抜け駆け練習をされたぐらいで、そんなに悔しがるものだろうか。しかしそれほど彼もまたスノーボードに心を奪われているということだ。

余程悔しかったのだろう。S編集長はT女史に、第二回スノーボードツアーを計画するよう命じた。さあ、こうなると大変である。時はすでに四月、ゲレンデからはどんどん雪が消えている。それどころか、そろそろ営業を終了しているところが殆《ほとん》どだ。T女史の検討の末、行き先はかぐら・田代《たしろ》スキー場と決まった。このあたりは標高が高いので、ゴールデンウィークあたりまで滑走が可能なのだ。

ただし宿泊場所は苗場《なえば》プリンスホテルである。じつは今シーズンより苗場と田代スキー場が、ドラゴンドラとかいう馬鹿みたいに長いゴンドラで繋《つな》げられたのだ。それに乗ることもまた我々の楽しみの一つだった。

ところで私としては、出発前にぜひ用意しておきたいものがあった。それは新しいスノーボードウェアだ。この間買ったばかりなのになぜ、と思われるかもしれないが、これには深刻な事情がある。じつは私は、とてつもない暑がり屋なのだ。汗っかきでもある。何しろガーラ湯沢に行った時、ウェアの下はTシャツ一枚だったにもかかわらず、風呂《ふろ》に入ったように全身汗びっしょりだったのだ。つまり春スノーボード用に、薄手のウェアが必要だった。

スポーツ店の並ぶ神田《かんだ》に行ってみた。さすがにウインタースポーツのコーナーは激減している。それでもスノーボード用品の叩《たた》き売りをしている店があって、そこに入るなり私は店員の女の子に、この店で一番ぺらぺらのウェアをくれ、といった。

「えっ、ぺらぺら、ですか？」女の子は目を丸くした。

「うん、暑くないやつ」

私が事情を話すと、彼女は暇だったらしく熱心に探してくれた。彼女が勧めてくれたのは、生地が薄手で、しかもフードのついてないタイプのウェアだった。

「フードがついてないと、傍目《はため》に涼しそうに見えるんですよ」

「ふーん」

着てみるとたしかに涼しそうである。見た目なんか本当はどうでもいいのだが、気は心というわけで、それを購入することにした。

さて準備万端整ったところで出発だ。S編集長の運転する車で我々はまず苗場に向かった。インターネットで調べたところ、この時点での苗場スキー場の積雪は百十センチとなっていた。だが到着して我々が目にしたものは、黒ずんだ地面のところどころに、汚れた雪を張り付けてあるといった感じのゲレンデだった。ひどいところになると、下がゴルフ場だと明らかにわかったりする。何しろグリーンやバンカーが露出しているのだ。苗場でも少し滑ろうかなと思っていた私の考えは、完全に吹き飛んだ。

「なんだよ、これ。ゲレンデじゃねーよ」

「どうやらドラゴンドラへの移動部分にだけ雪を積んであるみたいですね」とT女史。

というわけで我々は車で直接田代スキー場に向かうことにした。

で、田代スキー場であるが、ロープウェイで上がってみて驚いた。見渡すかぎり真っ白である。四月半ばでもこんなところがあるんだなあと感激してしまう。

早速滑り始めたが、残念ながら斜度はさほど大きくない。我々レベルでも、殆ど転ぶことなくすいすい滑れるのだ。これではいかんだろうということで、かぐらに向かうことにした。田代からかぐらへは、リフトに乗ったり林道を滑ったりしなければならない。実際に向かってみると、その道のりの長さにちょっとうんざりした。滑るといっても、ただ道に沿って真っ直ぐ進むだけなのだ。斜面が緩やかなので、途中でスピードが落ちてくると焦ってしまう。スキーと違ってスノーボードの場合は、一旦《いったん》止まってしまったら、どうすることもできないからだ。

春から始めたせいでスノーボード＝暑いスポーツという図式が自分の中にできてしまった。寒いスポーツだと認識するのは、8か月後である。

事実、S編集長は、しばしば遅れた。聞いてみると、途中で止まってしまうかららしい。私はよく彼の後からスタートしたが、追い抜くということが時々あった。体重差もあるだろうが、それにしても彼の板は滑りが悪い。その原因は翌朝ワックスをかけている時に判明した。面倒臭がり屋の彼は、とにかく塗り方が雑なのだ。たっぷり塗っておけばいいだろう、という気配すらある。ただし本人によれば、「あれでも丁寧にやってるつもりなんですよ」ということらしいが。

かぐらに着いた我々を待ち受けていたのは、素晴らしいゲレンデだった。起伏たっぷり斜度も十分といったところである。気分よく何本か滑った後、少し休憩ということになった。レストランに行くには、それまでとは違った場所を滑り降りねばならなかった。

ここでとんでもないものが我々を待ち受けていた。斜面全体がコブだらけなのだ。しかも一つ一つが腰の高さまでありそうだ。他のスノーボーダーたちも、さすがにその手前でためらっている。

だがなぜかここで私のアドレナリンが急上昇した。T女史やS編集長が止まっているのを尻目《しりめ》に、そのコブコブに突っ込んでいったのだ。

滑る、吹っ飛ぶ、転がる、立ち上がる、滑る、曲がる、飛ばされる、転がり落ちる——この連続である。それでも数分後には私はレストランの前に到達していた。

私よりかなり遅れて降りてきた二人とレストランで休憩した。

「いやあ、あのコブコブには参りましたねえ」

「東野さんが突っ込んでいった時にはびっくりしましたよ」

「でも一体、あれは何だったんだろうね」

T女史の持っていたマップを見て驚いた。我々が滑っていた（というか転がっていた）コースには、『モーグルバーン』と書いてあったからだ。

「モーグル？　なんだよそれ。里谷《さとや》多英《たえ》ちゃんとかが滑るコースじゃないか」

そりゃあ無理だと三人で笑ったが、この時密《ひそ》かに私の中で目標が生まれた。あんなところをスノーボードで切り抜けられたらどんなに面白いだろう、よしいつかは滑れるようになってやるぞ、というわけである。

その夜苗場で泊まった我々は、翌朝はいよいよドラゴンドラに乗った。乗車時間は約十五分である。これはすごい。とてつもなくすごい。斜面に沿ってぐーんと上がったかと思うと、ジェットコースターなみの角度でどーんと落ちたりするのだ。高所恐怖症の人には辛《つら》いだろうなあと思っていると、隣でS編集長が固まっていた。

この日もかぐらを中心に滑りまくった。気温が高いせいで雪はグズグズだが、あるだけましである。しかも月曜日の午前中だったので、人はものすごく少ない。自由に滑れる。

もっとも、いいことばかりではなかった。あちこちでリフトが営業を休止してしまうからだ。こんなんで苗場に戻れるんだろうかとちょっと不安になった。

昼過ぎまで滑った後、再びドラゴンドラに乗って苗場に戻った。着替えて車に乗り込むが、真っ直ぐ東京に帰るわけではない。田代にある温泉につかろうということになった。スノーボードで疲れた身体を温泉で癒《いや》した後は、当然ビールである。しかしここで問題が生じた。S編集長は運転手なのだ。

「いやあすみませんねえ、じゃあ東野さん、乾杯といきましょう」

T女史が幸福感に溢《あふ》れた顔でジョッキを差し出してくる。私もそれに自分のジョッキを合わせた。我々二人の間にはおでんがあり、枝豆がある。S編集長はウーロン茶のコップを持ち上げた。彼の傍らにはきつねうどんがあった。

渇いた喉《のど》を生ビールで潤しながら、帰りの車の中ではせめて眠らないようにしなきゃなあと思ったのだった。

（二〇〇二年四月）

ワールドカップを見てきました！

　ワールドカップが日本で行われると決まった時、正直いってやだなと思った。それに伴ってきっとまた税金の無駄遣いが行われるに違いないし、稼働率の見込みがない施設がいっぱいできるだろうし、わけのわからん外国人サポーターがどっと押し掛けてきて、そのまま不法滞在しちゃうやつも出てくるだろうし、とばかりにネガティブな想像ばかりが働いたのだ。

　しかし実際に始まってみると、思ったほど悪いことは起きなかった。外国人サポーターなんておとなしいものだった。フーリガンも現れなかったし。まあ考えてみれば、開催が決まった時と現在では、あらゆる面で状況が変わっているのだった。はっきりいって、暴れるためだけに行くには、極東の島国への旅費は高すぎる。不法滞在したいと思うほど今の日本には魅力もないし、仕事もない。

ただし税金の無駄遣いについては、たぶん予想通りに行われただろう。サッカーにはまるで関心がないくせに、この機会に儲《もう》けようと企《たくら》んだ腹黒いジジイたちはたくさんいるからだ。誰かが儲けるということは誰かが損をすることで、損をするのは誰なのか、かなり気になる。健全にサッカーの応援を楽しみたいと思っていた国民に被害がくるのではないかと心配である。

とまあ、いきなり鬱陶《うっとう》しいことを並べ立てているのは理由がある。この原稿を書いている現時点で、ワールドカップの決勝戦から一週間が経っているからだ。祭りの後の寂しさというわけで、すっかりテンションが下がっているのである。あれは一体何だったのかなあ、なんて、通り過ぎた一か月を振り返っている。夏の恋を、秋空を眺めながら思い出しているムードだ。そういう人って多いんじゃないかな。

白状すると、ワールドカップが始まるまでは大して関心がなかった。とはいえ、全く見る気がなかったわけではない。スポーツと名のつくものには例外なく興味があり、おそらくふつうの人よりはその方面の知識も豊富だろうという自信も持っている。ただし、サッカーはその中では苦手分野の一つなのだ。どういうわけなのかは自分でもよくわからない。サッカーに詳しくなろうと、Jリーグ発足当時には、スポーツ新聞を定期購読したり、サッカー雑誌を買い集めたりしたのだが。

だからワールドカップが始まったとしても、日本戦や優勝候補の試合をいくつか見る程度だろうと思っていた。試合会場に足を運ぶことなど、夢にも思っていなかった。

それなのに準決勝と決勝を見る機会が、不意に飛び込んできたのである。これにはちょっとびっくりした。

「いいい、行きましょう。この機会を逃したら、ももも、もう今世紀中は日本では見られませんよ。行きましょう。ししし、死んでも行きましょう」

電話をかけてきたK川書店の担当編集者E君は、興奮した口調でいった。彼だってサッカーには詳しくないはずである。それでもチケットが手に入るとなればこの有様なのだ。

「行けるのはありがたいけど、そんなうまい話が転がってるのかな。何か交換条件があるんでしょう？」

「いやあ、大したことじゃないです。ええとですね、観戦していただいて、ちょこっと原稿を書いていただければ。へっへっへっ」

なんだやっぱり仕事絡みか。そうだよなあと納得しつつもほくそ笑んだ。チケットの希少価値は周知の事実。準決勝と決勝を見に行くとなれば、飲み屋で女の子たちにモテること確実だ。早速、銀座に繰り出し、ワールドカップ観戦のことをいいふらすと、羨望《せんぼう》や憧《あこが》れの眼差《まなざ》しで見られるどころか、途端に罵倒《ばとう》されることになった。

「なんであんたみたいなサッカーオンチが行けるのよ」

「あたしなんか、どんなに苦労してもチケット取れないのにぃ」

「ちょっと、そのチケット寄越しなさい。あたしが代わりに行ってやるから」

「出せよ、チケット。おらおら、出せっていってんだろうが」

まさに身ぐるみ剝《は》がれる気配である。這々《ほうほう》の体《てい》で逃げ出した。

しかしまあ彼女たちの気持ちもわかるよなあ。大体今回のチケット騒動はひどすぎた。熱心なファンがいくら努力しても報われないなんてのは、絶対に理不尽である。チケット販売のシステムは難解で、面倒で、非効率的だし、バイロム社は知らん顔してるし、日本政府なんて、もうどうしようもないくらいに事態がこんがらがってから、ようやく腰を上げる始末だし。

そういうことを考えてると、私なんぞに観戦チケットなんてのは、まさに猫に小判なのだ。それでも本当にそうしないためには、試合当日までにはサッカーファンになっておく必要がある。その日より、時間の許すかぎり試合をテレビ観戦することにした。わかんないこともたっぷりあるので、友人の馳星周《はせせいしゅう》あたりからレクチュアを受けたりした。にわかファンだろうが、一夜漬けファンだろうが、とにかく大手を振ってスタジアムに行きたかったのだ。

準決勝までには十数試合をテレビで見た。大した数じゃないといわれるだろうが、自分としては、ワールドカップ開幕前に予定していた数をはるかに上回っている。ただし全部地上波やBSだ。それをいうと馳星周に馬鹿にされた。

「わかってねえな。テレビで見るならスカパーだよ。すげえマニアックなアナウンサーがいるんだ」

そんなことといわれても映らないんだからしようがないだろうが。

準々決勝のブラジル対イングランド戦では、正直いってイングランドを応援した。ベッカムを生で見られるとなれば、より一層羨《うらや》ましがられるだろう、飲み屋でモテるだろうと思ったのだ。懲りていないのである。

でも結局ブラジルが勝ってしまい、その相手はトルコと決まった。

さて準決勝が行われたのは御存じ埼玉スタジアム。車で行ったのだが、駐車場から遠い遠い。おまけに競技場に着いてからも、ぐるぐると遠回りをさせられたり、あちこちでチェックを受けたりで、席に辿《たど》り着くまでで疲れてしまった。おまけに六月だというのにかなり寒い。暑がりの私でさえ、この日は厚着をしていった。

埼玉スタジアムといえば、芝生は大丈夫か、なんて開催前に心配されたところだ。どうやら問題はなかったようだ。スタンドから見下ろすと、奇麗に刈り込まれた芝生の模様が

CG画面のように美しい。そして怒濤《どとう》のような拍手と歓声の中、両チームの選手が姿を見せる。これまた美しい。芝生とユニホームのコントラストが芸術的だ。まるでコンピュータゲームを見ているようだった。

もちろん優雅なのはここまでで、キックオフと同時に、肉体と精神と技を武器にした人間対人間の戦いとなる。奇麗だったユニホームは忽《たちま》ち汗みどろ、泥だらけだ。

選手たちはボールを追いながら、その瞬間瞬間で、経験を生かしながら、あるいは本能的に最良の策を講じようとする。それは将棋の有段者が、瞬時にして幾通りもの手を思い浮かべ、その中から最善の手を選び出すようなものだ。私などは選手たちの深遠な考えなど想像もできないから、ただひたすらボールと選手の両方を目で追っかけるだけだ。頭はとてもついていかない。考えようとした時には事態が変わっている。そしてサッカーに精通した者ならば、その時々で選手の意思を汲《く》み取ることができるのだろう。

生意気なことをいえば、サッカーの魅力とはこのあたりにあるのかなと思う。ゲームの勝敗はいうまでもなくボールの行方によって決まるのだが、いうまでもなくそれを操っているのは選手なのだ。彼等の意思を見抜けなければ、本当の意味でサッカーを見ていることにはならないのかもしれない。

とはいえ今さらそんなことを嘆いても遅いので、とにかくボールが行ったり来たりするのをひたすら目で追うことにする。なあに、私以外にもサッカーのことがよくわからずにスタジアムに来ている連中は多い。隣に座っていたおばちゃんは、前半は殆《ほとん》ど双眼鏡で他の観客席を覗《のぞ》いていた。

「あら、××さんはあそこに座ってるわ。ええと、○○さんはどこかしら」という感じである。おばちゃん、どうやってチケットを手に入れたのかな。

前半は0―0。素人目にもトルコの健闘ぶりはよくわかった。日本戦の時とはまるで違う印象だ。このトルコ相手では、日本もあれほど善戦できなかったのではないかと思ってしまう。

ところで、日本人の九割以上がブラジルを応援しているようなので、ちょっと抵抗を感じた。ブラジルが人気チームだからか、トルコがわが日本代表を破ったからかはわからないが、あんまりじゃないかと思う。そりゃまあ、どこを応援しようが個人の自由ではあるけれど、ホームとかアウェーとかじゃないのに、観客の後押しの量に差があるというのは不公平な気がする。ブラジルチームのユニホームを着ているやつらもいっぱいいる。トルコのユニホームを来ているやつなんて一人もいないぞ。そのかわりに、この期に及んでベッカムのネームが入ったイングランドのユニホームを着ている男がいた。何を考えているんだ。しかも頭はなぜか角刈りだ。さすがにちょっとバツが悪そうである。

というわけで、元々判官贔屓《はんがんびいき》である私は断然トルコを応援することにした。日本人に似た体型で、あのブラジルに立ち向かっていってるのだ。応援したくなるのが人情というものじゃないですか、ねえ。

だが世の中はうまくいかない。後半が始まって間もなくロナウドにシュートを決められてしまった。あーあ、これで終わりだなと思ったが、それでもやはりというか、だからより一層トルコの側に肩入れした。日本人には、自分と関係なければ負けているチームを応援する、という習性があるのだ。私はボールを目で追いながら心の中で叫ぶ。がんばれ坊主頭、がんばれちょんまげ！（トルコチームを見ていた人は、坊主頭とちょんまげが誰を指すかはわかるはずである）

しかし何ということか。ブラジルがリードしたというのに、依然として多くの観客はブラジル贔屓だ。おいそこのネーチャン、ブラジルが攻めるたびに立ち上がるなよ――こっちの機嫌はだんだんに悪くなる。

私の機嫌などお構いなしに時間は過ぎ、とうとう試合終了だ。喜ぶブラジルファンを尻目《しりめ》にスタジアムを出る。くそ面白くない。だがそれは応援しているチームが負けたからであって、試合そのものは面白かった。初めて見たサッカーがこういう試合でよかったなと思った。

さてその四日後はもう決勝である。ブラジル対ドイツという、決勝では史上初の組み合わせ。場所は横浜だ。交通規制が敷かれるとかで、午後五時までには試合場に入ってくれといわれた。早めに出発したところ、高速道路がガラガラで、予定よりもさらに早く着いてしまった。これから三時間半も何をすりゃいいんだよ。

馳星周やスポーツライターの金子《かねこ》達仁《たつひと》さんらと合流して、レセプション会場に行く。酔っ払わない程度にビールやワインを飲みながら周りを見回すと、どこかで見た顔がぞろぞろいる。ラモスがいるのはまあ当たり前かな。チューブの前田がいるのはどういうわけだ。それからジャイアンツの上原と後藤。前田と上原はブラジルのユニホームを着ていた。自前とは思えないから、たぶん進呈されたんだな。チケットを差し上げますから、これを着て応援してくださいって感じか。じゃあ後藤がドイツのユニホームを着ているのはなぜだろう。

馳星周や金子さんの話を聞き、私も付け焼き刃のサッカー豆知識などを披露しているうちに試合開始時刻が近づいてきた。例によって試合場までの道のりは遠い。例によって所持品検査なんかもされる。

今回の座席は豪華だった。何が豪華かというと、解説陣が揃っているのだ。何しろ斜め後ろは馳星周と金子達仁さん、私の隣は玉木《たまき》正之《まさゆき》さんである。ちょっとしたテレビの特番並みの顔ぶれだ。

スタジアムを見渡したところ、やはり固まりで空席がある。チケット問題は最後まで解決されなかったということか。このことは飲み屋の女の子たちにも報告せねばなるまい。

さて試合開始だ。このカードについては、ブラジル攻撃陣対GKカーンという紹介のされ方がしていた。これはどうかと思うね。キーパーがいくらよくたって、どうにもならないことはいくらでもあるだろうが。つまりそれぐらいドイツには、これといった武器がないということなんだろうな。途中まで得点王候補だったクローゼにしても、サウジ戦で稼いだだけだし。

じつは馳星周から、「決勝はつまんない試合になることがよくあるんだ」といわれていた。どっちも負けたくないから消極的なサッカーに終始する。挙句にPK戦になっちゃうってことも少なくないそうだ。そんなことにはなってほしくないなあと思っていたら、前半からかなりアグレッシブな攻防が繰り広げられることになった。私を取り巻く三人の解説者の話を総合すると、どうやらドイツの動きが予想以上にいいらしい。今大会一番の出来だという人もいた。たしかにドイツ選手はよく走る。まるで疲れを感じさせない。あの韓国のパワーを吸い取ったのかと思うほどだ。

カーンも相変わらず鉄壁である。あわやというシーンでも、信じられない反応速度でナイスセービングを連発する。「あれはまるでハンドボールのキーパーの動きですよ」と玉木さんがいう。ブラジル攻撃陣対カーン、本当にそうだった。で、ここでも観客の大多数はブラジルファンだ。カーンがボールに触るたび、場内からは大ブーイングが起きる。カーン、平然とボールを蹴《け》っ飛ばす。さすが、である。

こうなると私のとるべき立場は一つしかない。がんばれドイツ、がんばれカーン。しかしキーパーがいくらきばっても、当然のことながら点は入らないのである。0―0で前半は終わったが、問題は先取点をドイツが取れるかどうかにかかってきた。

今日のドイツは今までと動きが全然違う、というのは三解説陣の共通した見解だが、果たしてその動きがいつまで続くか。鈍ったら勝ち目がないことは、素人の私にだってわかる。

その悪い予感は的中したようである。前半は走り回っていたドイツ陣も、いよいよ動けなくなってきた。ウルトラマンのカラータイマーがぴこんぴこんと点滅を始めたようなものである。そうなるとブラジルの個人技に一気に攻め込まれるシーンが多くなってきた。で、67分。とうとうカーンの神通力も絶えた。

ブラジルがゴールを奪った瞬間、私の周りの観客は総立ちとなった。まるでお祭り騒ぎである。ブラジルの国旗を持った若者が、通路を駆け抜けていった。

この瞬間にワールドカップは終わったなと思ったのは、私だけではないだろう。結果的にこの試合は2―0になるのだが、二点目はおまけのようなものだ。

おめでとう、ブラジルチーム。今回のチャンピオンはあなた方だ。

サンバのリズムで喜びを表現するブラジルサポーターを眺めながら、判官贔屓を発揮したうえで、このチームを応援する時代が来れば面白いなと思った。


（二〇〇二年七月）

ザウスの恋

船橋にある世界最大級の室内ゲレンデ、ザウスが閉鎖されると知ったのは、僕がスノーボードを始めて間もなくのことだった。まだ春山には雪が残っていたし、それほどスノーボードにのめり込んでもいなかったから、その話を聞いた時の感想といえば、「ああそうなのか、バブルの象徴がまた一つ消えるんだな」という程度のものだった。ところが各地のゲレンデがすっかりクローズになってしまうと、ザウスのありがたみがひしひしと身に染みてくるのだった。ようやく人並みに少しは滑れるようになったところで、頭の中はスノーボードでいっぱいという有様の頃でもあった。

五月の半ばから、僕は一人で毎週のようにザウスに通うようになった。告白すると最初は恥ずかしかった。こんな時期になってもまだ滑りたいと思うような連中は、例外なく上《う》手《ま》いに決まっているし、何しろ若いはずだ。僕みたいなオヤジが下手くそに滑っていたら、さぞかし嘲笑《ちようしよう》を浴びるだろうなと覚悟して行った。

しかし事実は予想とは違った。たしかに上手い連中は多いが、初心者や初級者だって少なくはない。むしろ半分以上はそうした客だ。そして上手い連中は、自分のスキルを向上させることに夢中で、他人の、しかも下手くそな滑りなど、まるで眼中にないのだ。向こうはこっちのことなど見ていなくても、こっちにしてみれば、彼等の滑りは大いに参考になる。リフトに乗っている時などは、技術を盗む格好のチャンスだった。

頻繁に通っているうちに、何度も見かける客が何人かいることに気づいた。いわゆる常連というやつだ。そうした客は一人で来ていることが多い。つまり僕もそうした常連の一人ということになる。

常連はまず間違いなく上手い。いや、僕を除いて、の話だけれど。彼等は仲間に合わせる必要がないからリフト待ちの時間は短く、ただ黙々と何度も滑っている。マナーもいい。

そんな常連客の中に彼女はいた。

上下が真っ赤なウェアで、ニット帽をかぶり、ゴーグルは横向きにつけていた。リフト上から眺めていると、かなり目立つ。その目立つ格好で、しかもめちゃくちゃに上手いのだった。ターンの切れは抜群、おまけに臨機応変。上級者斜面をレギュラーでもグーフィーでもすいすい滑り、他の人間とぶつかるかと思いきやひらりと身をかわし、グランドトリックを軽く決めて、さらにぐいぐい滑るという、まさに雪上の赤いニンジャなのだ。彼女のことをすごいと思っているのは僕だけではないらしく、リフトで乗り合わせた連中もよく、「あの子すげえなあ」なんて感心していた。

一度、その彼女とリフトで乗り合わせたことがある。四人乗りリフトだけれど、その時はたまたま僕と彼女の二人だけだった。話しかけるにはまたとないチャンスだ。何といって声をかけたらいいだろう、いきなり知らない人間から声をかけられたら気味悪がるだろうな、ナンパと思われたら困るもんな、スノーボーダー編集部の者ですとかいってやろうか、でも嘘はやっぱりまずいよな——あれこれ迷っているうちにリフトは頂上に着いてしまった。自分の気の弱さを呪いつつ、赤いウェアの彼女が軽やかにリフトから離れていくのを見送った。

だがこの哀れな男を神は見放してはいなかった。思わぬところで彼女と話をする機会を得たのだ。場所はゲレンデのすぐそばにある休憩用のファーストフード店で、しかも彼女のほうから声をかけてきたのだ。もっともそれは、「これ、使っていいですか」というごく事務的なものだった。

彼女が「これ」といったのは灰皿だ。その店はいつも混んでいて、灰皿の足りないことが多かった。彼女は、僕が使っている灰皿を一緒に使っていいか、と尋ねてきたのだ。

もちろん僕は快諾した。こうして憧《あこが》れの彼女と向き合ってコーヒーを飲むという幸運に恵まれたのだった。

「混んでますね」僕は思いきって話しかけた。

「そうですね。夏になってから、急に混みだしたみたい」そういって彼女は煙草の灰を落とした。大きい目は少し吊《つ》り上がっており、黙っている時は唇がへの字をしていた。いかにも負けん気の強いやんちゃな娘、という印象だった。

「やっぱりもうすぐ閉鎖だから、あわてて来る人が多いんだろうな」僕はいってみた。

彼女は頷《うなず》いた後、窓からゲレンデを眺めぽつりといった。

「ここがなくなったら、来年からどうしようかな……」

その寂しげな横顔に、僕の胸はずきんと痛んだ。今年になってスノーボードを始めたばかりの僕と違って、長年この場所で鍛錬してきたに違いない彼女にとっては、閉鎖は耐え難いほど悲しい出来事なのだろう。

「シーズンオフはいつもザウスで？」僕は訊《き》いた。

彼女はこちらを向いて頷いた。

「ニュージーとかに行くこともあるけど、やっぱりお金がかかるし。ここだとコンディションが安定してるから」

「プロなの？」

「プロじゃないけど……一応プロ志望」

なるほど、と僕は納得して頷いた。

その時以来、僕たちは顔を合わせると軽く言葉を交わすようになった。といってもその内容といえば、「今日も混んでるね」とか、「いよいよあと二か月で閉鎖ね」という程度のものだったが。

八月に入ると、ザウスに訪れる客はさらに増えた。平日なのにリフト待ちが十分以上というのもざらだった。リフトで乗り合わせた若者たちの会話に耳を傾けていると、話題の大半がザウス閉鎖のことだった。

「こんなに混んでるのに赤字なのかなあ」――これはザウスに来ている人間がほぼ例外なく抱く疑問だ。

「閉鎖前だからだよ。前はやっぱりがらがらだったんじゃないの」

「いやあ、そうでもないよ。平日に何度か来てるけど、貸し切り状態ってことはなかったなあ」

参考までに記しておくと、ザウスの入場者数はピーク時で約百万人だった。そして昨年度は約七十万人。これを落ち込んだと見るか安定したと見るかは判断の分かれるところだろう。僕はこの手の施設で、ピーク時の七割を維持しているのなら上出来だと思う。そしてピーク時に来ていた人たちの話によれば、「あの頃は混みすぎていて、とてもまともに滑れる状態じゃなかった」らしいのだ。つまり、黒字経営に必要だと想定した入場者数が、最初から無理のあるものだったとしか思えない。考えるに、経営者側がイメージした来客像と実態にずれがあったのではないだろうか。会社の帰りに二時間ほどスキーをして、その後はバーでお酒を飲んで帰る――そんな客を想像していたのではないか。だからこそ「手ぶらでスキー」というキャッチフレーズのもと、ウェアや手袋までレンタルできるというシステムを用意したのだ。そう考えれば、ゲレンデの広さに比べて異常にロッカー数が多いことにも合点がいく。経営者側は、一日のうちに客がもっと回転すると考えていたのだ。

しかし実状は違った。ザウスに行くのは大半がスキー好き、もしくはスノーボード好きであり、彼等は時間の許すかぎり滑ろうとするのだ。そして彼等はレンタルの道具などでは納得しない。ザウスが当て込んだバーやレストランの収益がまるで上がらなかったのも当然である。彼等は雪さえあれば満足なのだ。

もっともそういう客に支えられていたからこそ、ピーク時の七割を維持できていたともいえる。僕は自信を持って断言するが、その七割からさらに減ることはなかったと思う。

なぜならその七割は、「ザウスがないとどうしていいかわからない」人たちだからだ。仮に入場料を倍にしたところで、入場者数は半減しなかっただろう。

僕がこんなふうに分析するのと同様に、ザウスに来ている若者たちも、それぞれにザウス再建策を持っているようだった。リフトに乗っている時など、よく彼等のアイデアを耳にした。

「スキーヤーよりスノーボーダーのほうが圧倒的に多いんだからさ、もっとスノーボードタイムを増やせばよかったんじゃないか」

「スキーヤーだって結構いるぜ。それより、やっぱり時間制にすりゃいいんだよ。二時間とかでさ、延長したらその分料金を取るんだ。そうすりゃチケットの不正使用だって減るしさ」

しかしそんなことは今さらいっても仕方なく、ザウスの閉鎖が避けられない事実であることは彼等もわかっていた。だから、一旦《いったん》は閉鎖するとして、次にどこかの企業が買い取ってくれることに多くの者は望みを託していた。

「ロッテワールドが買うって話だぜ」

「その話は御破算になったんだよ。あとはディズニー頼みだな」

「えっ、ディズニーが買いそうなのかい」

「知らねえよ。ディズニーランドが近いから、ついでに何とかならないかと思ったんだ」

「なんだよ、がっかりさせんなよ」

僕も隣で聞いていて、そうだよがっかりさせるなよ、といいたい気分だった。閉鎖まで一か月を切り、もはやどうしようもないとわかってはいても、やはり奇跡を心のどこかで待っているのだ。

しかし奇跡が訪れる気配はまるでなかった。僕はせめて思い残すことがないようにと、九月に入ると時間の許すかぎり出向くようにした。平日だろうが昼間だろうが、ザウスはいつも満員だった。頂上から見下ろすと、大げさでなく人が林のように立っているのだ。もはや練習をするどころではない。人の隙間を縫って滑るので精一杯だ。おかげで咄嗟《とっさ》に方向を変えたりするのだけはうまくなった。

赤いウェアの彼女も、毎日のように現れた。リフトから見ていると、さすがの彼女も他の客と接触することが少なくないようだった。もちろんそれでも彼女が転倒することは決してなかった。自在に技を駆使できる彼女にとっては、多少障害物があったほうが面白いのかなと思うほどだ。

「いよいよあと一週間だね」休憩所でコーヒーを飲んでいる時に彼女がいった。

「そうだね。来月からはどうするの?」僕は訊いてみた。

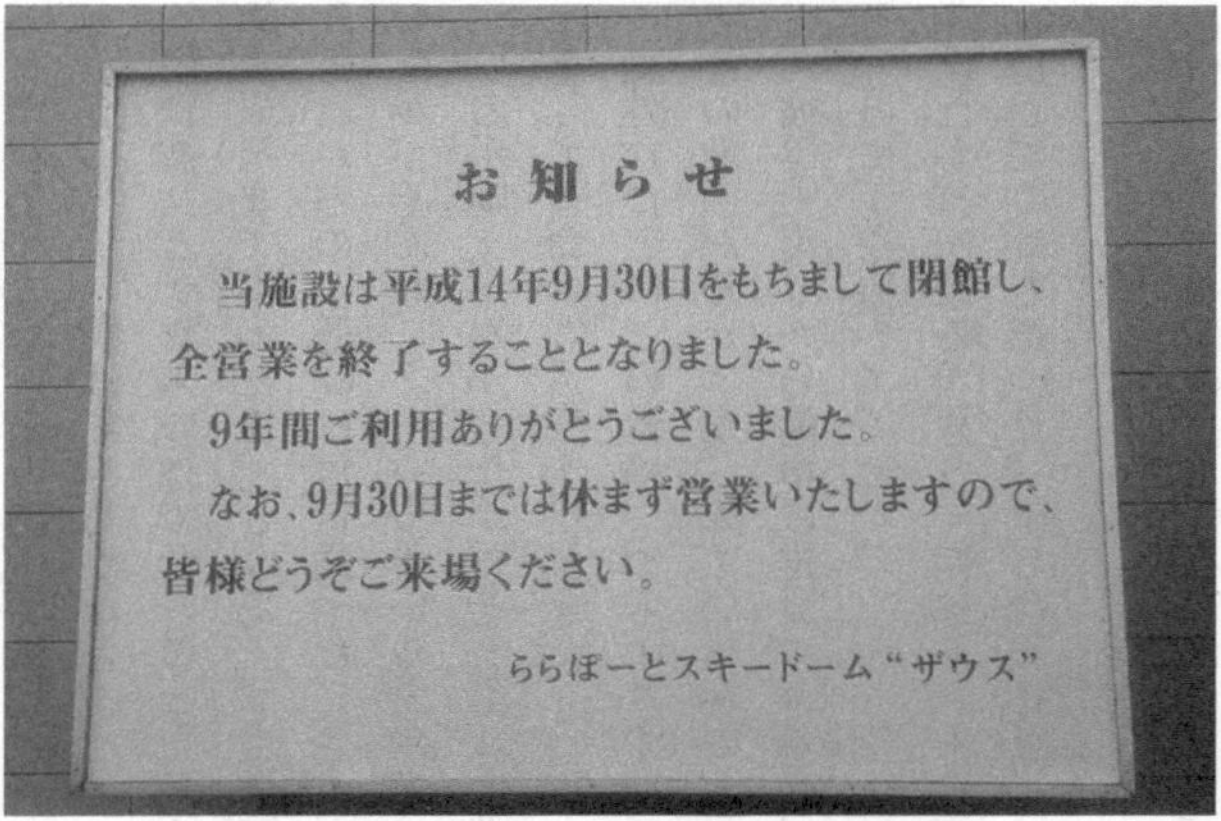
お知らせ
当施設は平成14年9月30日をもちまして閉館し、
全営業を終了することとなりました。
9年間ご利用ありがとうございました。
なお、9月30日までは休まず営業いたしますので、
皆様どうぞご来場ください。
ららぽーとスキードーム“ザウス”

9月某日のスノーボードタイム。こんなに賑わっていたのだが…

「まだ決めてない。とりあえず屋内ハーフパイプに行ってみようかなと思ってるけど」

「ふうん……」僕は頷くしかない。ハーフパイプに入ることなど、夢のまた夢だ。

僕は彼女とザウスの外で会うことを考えていた。最終日、彼女はきっと来るだろう。一緒に最後まで滑った後、とりあえず食事に誘おうと決めていた。

それからの一週間は毎日通った。さすがに仕事のスケジュールとのすりあわせが難しかったが、そんなことをいっている場合ではなかった。肝心の腕前のほうはちっとも上達している手《て》応《ごた》えがなかったが、それもこの際どうでもよかった。

そして運命の九月三十日がきた。

意外なことにこの日はいつもよりすいていた。リフト待ちもあまりしなくていい。やがてその理由がわかった。来ている客の大半が常連たちなのだ。なぜそうわかるのかというと、彼等の滑りから簡単に推測できるのだ。で、赤いウェアの彼女も当然来ていた。僕を見つけて手を振ってくれた。

僕たちは出来るかぎり一緒にリフトに乗った。そんなことをするのは、彼女と話して以来初めてのことだった。申し合わせたわけではなかったけれど、何となくそうしていたのだ。

ザウスの中ではいつも音楽が流れている。大抵はその時に流行している曲だ。だがこの日は違った。広瀬香美《ひろせこうみ》の『ゲレンデがとけるほど恋したい』、少年隊の『湾岸スキーヤー』、trfの『BOY MEETS GIRL』といった懐かしい曲がかかっている。ザウスが歩んできた九年間にゲレンデに流れたヒット曲のオンパレードなのだ。最終日だからといって特にイベントはないようだが、この音楽だけで十分だった。

そして午後二時四十分になった。スノーボードタイム内でのリフト営業終了時刻だ。そのアナウンスが流れると同時に、周りからため息のようなものが漏れた。

「とうとう終わっちゃったね」僕はいった。

「そうだね」彼女もゲレンデを振り返った。

「次は本物の雪が降るまで待つしかないかな。でももう少しここで練習したかった」

「でもあなた、上手くなったよね」彼女が僕を見ていった。

「えっ、そうかな」お世辞とわかってはいても目尻《めじり》が下がった。彼女が僕の滑りを見ていてくれたとわかったことが嬉《うれ》しかったのだ。「こんな歳から始めて、みっともないんだけどさ」

「まだ全然大丈夫だよ。あそこの茶色のウェアを着ている人なんて、あなたよりも十歳も上よ。やっぱり今年から始めたんだって」

「えっ、そうなのかい」僕は彼女が指差したほうを見た。茶色のウェアに黄色のニット帽をかぶった男が、感無量といった雰囲気でゲレンデを見上げている。

「あの人、作家なんだって。ヒガシオだっけな、ヒガシノ……だっけ。なんかそんな名前。広末涼子《ひろすえりょうこ》の主演映画の原作者だって」

「ふうん」すごいオヤジがいるものだなと思った。僕より十歳上なら四十四歳だ。「そういえば何度か見かけたことがある。前に一度、すごい転び方してたな」

「そう。滑り方は地味だけど転び方は派手」

僕たちは顔を見合わせて笑った。それからすぐに真顔に戻った。

「じゃあ、出ようか」

「うん」

僕たちはゲレンデを後にした。ロッカーに通じるゲートには、すでにスキーヤーたちの列が出来ていた。僕はどういって彼女を食事に誘おうかと、そればかり考えていた。

ゲートをくぐり、ロッカー室に向かおうとした時だった。従業員の男性が、ハンドスピーカーを持ってしゃべりだした。

「スキーのお客様にお知らせいたします。スキータイムは午後三時からでございます。もう少々お待ちくださいませ」

さらに彼は一拍置いて続けた。

「スノーボードのお客様。本日はまことにありがとうございました」

彼がいい終わると同時に、周りにいた従業員たちが、一斉に頭を下げた。そして、「ありがとうございました」と声を合わせていった。

僕は思わず立ち止まっていた。不意に胸に熱いものがこみあげてきた。隣を見ると彼女の目も少し赤くなっていた。

「いい……思い出」彼女が呟《つぶや》いた。

それを聞いた途端、僕は彼女と外で会うことは断念すべきだと思った。僕と彼女とを結びつけているものが消える以上、僕たちの関係もこれまでにしなければならないのだ。

僕たちは何の約束をすることもなく、それぞれのロッカー室に向かった。着替えを済ませた後はいつものように自販機の缶コーヒーを飲み、煙草を一本だけ吸って建物を出た。敢えて振り返ることもなく僕は自分の車に乗り込んだ。

バックミラーに映った巨大建造物をちらりと見て、自分が恋した相手は彼女ではなかったのかもしれないな、とふと思った。

（二〇〇二年九月）

（編集部注・エッセイに混じっておりますが、お読みになっておわかりのように、作者の妄想に基づいた小説でした。お詫《わ》びいたします）

おっさんスノーボーダー秒読み開始

やっぱりこれも下手の横好きということになるのだろうな。ゲレンデからすっかり雪が消えてしまった後でも、あの滑る感触が懐かしくてたまらない。どこかに滑るところはないかと考えた時、真っ先に頭に浮かぶのはあのザウスだった。

いやあ、我ながらよく通ったものである。何しろ週に一度は行っていた。うちからだと片道ジャスト三十分で行けるのだ。これは全国のウインタースポーツ好きには羨《うらや》ましがられる話だろう。もっとも、今となっては過去形で語るしかないのだが。

九月いっぱいで閉鎖ということも、熱心に通った動機の一つだ。今しか滑れない、と思うとじっとしていられないのだ。ザウスの営業時刻に合わせて、必死で締切に間に合うよう仕事をこなしていた。

だが実際にそういう習慣を作ってみると、これはこれで規則正しい生活を送れてなかなか快適なのだ。ザウスの帰りには行きつけの定食屋に寄り、炊き合わせを肴《さかな》にビールを飲む、これもまた最高だった。

通っているといろいろなことがわかってくるようになった。現代の若者の生態なんかも間近で見られて参考になる。もっとも、夏にスノーボードをしているような若者を見て、一般化してしまうのはちょっと無理があるかもしれない。ただ確実にいえることは、スポーツに夢中になっている若者は、今も昔も本質的にはそんなに変わらないということだ。よくいえば熱く爽《さわ》やか、悪くいえば馬鹿で不器用ということになるか。何しろハンバーガーをかじっている間も、ボード・テクニックの話ばかりしているのだ。たまにナンパ目的で来ているようなのもいるが、そういう人種は間違いなく常連ではない。

女の子の常連も少なくない。真っ赤なウェアを着た、ものすごく上手い女の子が一人いて、しょっちゅう見かけるのだが、とうとう一度も声をかけることさえできなかった。いや別にナンパしたかったってことじゃない。作家として、ちょっと取材したかったのだ。言い訳に聞こえるかもしれないけど、ほんとだよ。

七月ぐらいまではすいていて、平日ならリフト待ちも殆《ほとん》どしなくてよかったのだが、八月に入ると急に混みだした。やっぱり夏休みに入ったのが大きかったのだろう。お盆休みに入るとさらに来場者が増えて、リフト待ち十数分なんてことも珍しくなくなった。そのことは新聞で取り上げられたぐらいである。

混めば混むほど、「こんなにはやってるのに、どうして閉鎖しなきゃいけないんだろう」という疑問が膨らんでくる。それは他のスノーボーダーたちも同じ気持ちらしく、リフトで乗り合わせた若者たちの会話を聞いていても、その話題が多かった。

私がそんなふうに真夏も練習に励んでいると、例の二人組が接触してきた。例の二人とはもちろん、S編集長とT女史だ。九月になったら自分たちも参加したいという。しかもその際にはゲストを呼ぼうというのだった。

「宮原誉《ほまれ》クンといってですね、ヨネックスと契約しているライダーです。まだプロにはなってないそうですが、今、資格を取るためにがんばっているところだそうです」

おお、セミプロのライダー。そんな人と一緒に滑るチャンスなんてめったにない。いや、今後一生ないかもしれない。レッスンを受けようなどという大それたことは考えないが、そんな人の滑りを直《じか》に見れば、きっと何か摑《つか》めるはずだ。思い出になるし、何より飲み屋で女の子たちに自慢できるぞ。

閉鎖を目前にした九月末、我々はザウスの前に集合した。T女史も気合いが入っている。S編集長もやる気満々だ。何しろ彼はついに自前のウェアを購入したのだ。ただしこの日は荷物になるからといって道具は持ってこなかった。このあたりの中途半端さが私には理

好青年に見えるが、後にとんでもない奴だと判明する。

解できないところである。

ところで我々が宮原君を待っていると、意外な人物がザウスから出てきた。新本格系でメフィスト賞作家の黒田研二《くろだけんじ》さんだ。スキーを担ぎ、頬を紅潮させながら近寄ってきたのだ。話を聞いてみると、乱歩賞のパーティで上京したついでに滑りに来たのだという。彼がスキー好きだとは知らなかった。しかし考えてみると、新本格系作家にはスキー好きが多いのだ。笠井潔《かさいきよし》さんが有名だし、二階堂黎人《にかいどうれいと》さんもそうだ。私も一度誘われたことがあるのだが、某文学賞の選考会とかぶっていたので辞退した覚えがある。

来年はスノーボードで参加したいと

申し出たら、黒田さんは「待っています」と快く答えてくださった。これでまた冬の楽しみが一つ増えたわけである。

宮原君が少し遅れるということで、私とS編集長は先に入って滑っていることにした。S編集長は二か月ぶりで、「うまく滑れるかなあ」と心配していたが、考えてみたらウインタースポーツなんて本当は一年ぶりとかになってしまうものなのだ。我々の感覚はかなりおかしくなってきていると見るべきだろう。

で、宮原君が現れた。思ったよりも小柄だが、ハーフパイプやワンメイク（つまりジャンプ）をするには、小回りのきく身体つきのほうが有利なのかもしれない。しかし後でわかったことだが、彼は下半身だけでなく上半身もかなりのマッチョだった。「全身の瞬発力がものをいうわけだから、上体の筋肉だって必要だ」というのが彼の持論らしい。

ともかく彼を交えての滑走である。当然のことながら上級コースに直行だ。まずは彼が滑る。どうするのかと思っていたら、何と直滑降だ。ものすごいスピードで滑り降りたかと思ったら、ぴたりと止まってこっちに手を振っている。緊張の中、スタート。あまり上出来とはいえないが、とりあえずターンらしきことをしながら彼のところへ行く。「本当に今年始めたばかりなんですか。かなり滑り込んでる人の滑りですよ」といってくれたのは、お世辞半分としても嬉《うれ》しかった。まあしかし、「上手い」といってくれたわけではないのだが。

リフト待ちをしながらいろいろと話を聞く。宮原君のようなセミプロは、シーズンオフはバイトに明け暮れるそうだ。冬になったらスノーボードに没頭できるよう貯金しておくらしい。何という意気込み。それを聞いただけでも応援したくなってしまう。

滑るにしても、各地にあるハーフパイプに出かけていく程度だそうで、長い距離をフリーで滑る機会はめったにないらしい。だから今回のザウスは楽しみにしていたのだといってくれた。

ザウスでは意図的なジャンプは禁止されている。そのことが彼のようなライダーには少し物足りないようだ。時折彼がゲレンデの端で、何かを点検しているようなしぐさをするので、何をしているのかと尋ねてみたら、「遊べるところがないか探してたんですよ」という答えが返ってきた。

「遊べるところ？」

「ええ。レール代わりにこすれるところです」

レールというのはスケートボードでもある技だが、板を横にして、長い手すり状の鉄棒上を滑っていくテクニックだ。こっちは雪上を滑るのでも精一杯なのに一体何をするんだといいたいが、上手くなるとただ滑るだけでは飽き足らなくなるらしい。

閉館時刻までたっぷり滑った後、四人で食事に行くことにした。行き先は申し訳ないが、私の行きつけの定食屋である。ビールを飲みながら宮原君へのインタビューの続きをする。

「イベント・チームのようなものを作りたいんですよ」と彼はいった。「今はメーカーの新製品発表イベントというと、そこと契約しているライダーがデモとかをするだけです。そうじゃなくて、何人かのライダーが集まって、それぞれが契約しているメーカーの製品を紹介すれば、お客さんにとってもわかりやすいと思うんです。そんなイベントをライダー主導型でやりたいなと思っているんです」

まだ二十歳過ぎだというのに、じつにしっかりしている。彼のビジョンはまだ先まであって、いずれ自分が引退する時のことまで考えているのだ。

彼はすでに仲間に声をかけてチームを作っている。『黒羊《くろひつじ》』というのがチーム名だ。ちゃんと名刺まで作っている。

しかしそんなスノーボード一色の生活で、支障はないのだろうか。恋人がいるらしいのだが、不仲になったりしないのかと冗談半分で訊《き》いてみると、「やばいです」という洒落《しゃれ》にならない答えが返ってきた。

「雪山に籠《こ》もっちゃうとめったに会えないですからね。向こうも将来のこととかいろいろと考えているみたいで……」

なんでこんなおっさんと滑らなきゃいけないんだろう、
という疑問符が、終始宮原君の頭から出ていました。

うーむ、難しい問題だなあ。恋か仕事か。その選択で、今までまともな答えを一度も出したことのないおっさんスノーボーダーとしては、ただ唸《うな》るしかないわけである。

さて九月が終わると、同時にザウスとも永久の別れとなった。そのことはもうくよくよしていても仕方がない。ないものはないのだ。こうなれば一刻も早くゲレンデに雪が降ってくれることを祈るのみである。かなり気が早いと思ったが、インターネット等で各地のゲレンデを調べてみる。すると、滑れるのはさほど遠い未来でないことがわかってきた。

オープンがもっとも早いのは、富士

山二合目にあるYeti《イエティ》というところだ。何しろ十月十九日だ。人工雪らしいが、滑れるのならこの際何でもいい。

さらに狭山《さやま》人工スキー場もある。こちらはザウスなき後、貴重な屋内ゲレンデである。ほかにも軽井沢プリンスホテルスキー場等々、十一月に入ってすぐにオープンするところは少なくない。

で、まずは早速狭山スキー場に出かけてみる。ザウスに比べると遠い。しかも道が混んでいる。それでも我慢して行ったところにあったのは、規模はザウスの三分の一、しかも人工雪というよりはシャーベットを敷き詰めたような人工ゲレンデだった。屋内とはいえ、完全に外と遮断されているわけではないので、そのシャーベットも溶けかけている。その日は小雨が降っていたのだが、その影響からか、ゲレンデ内にはもうもうと靄《もや》がたちこめていた。

うひゃー、こんなところを滑るのかあ、と思いながらも滑り始める。するとおかしなもので、それでもやっぱり楽しいのだ。斜面はまるっきりの初心者向けで、スリルのかけらも感じられないのだが、とにかく滑れるというのが嬉しいのだ。一人でぶつぶつ文句をいいながらも、四時間もそこにいた。

休憩中にはすごいおじいさんと話もした。その人はなんと七十八歳で、スキーを始めたのは五十歳の時だという。ここへはよく来るんですかと訊いてみたら、いやいやと笑いながら首を振った。

「ザウスがなくなっちゃったから仕方なくだよ。ザウスが出来る前は、ここへもちょくちょく来たんだけどね。その頃の雪質なんて、今よりもっとひどかった。ただの氷のかけらをばらまいてあるだけだった」

ザウスがなくなって残念ですねといったら、急におじいさんの顔つきが変わった。

「あれはね、おかしいんだよ。絶対に黒字だったはずだもの。どんな事情があるのか知らないが、あれだけのものを作っといて、あんまり儲《もう》からないからやめるってのは無責任だよ。社会的責任ってものがあるはずなんだ」

頭から湯気を出しそうな勢いである。あまりに憤慨しているのでこちらが焦ってしまった。こんなふうに怒っている人も少なくないんだろうなあと再認識した。

さて狭山スキー場にがっかりした私は、翌週には富士山に向かっていた。噂のYetiを滑ってみようというわけだ。ホームページを見たかぎりでは、人工雪だがなかなか長いコースが作られているようである。首都圏から九十分というふれこみも気に入った。

東名高速道路を裾野《すその》ICで降りる。そこから富士山に向かって走るのだが、この道はドライブコースとしても最高だ。天気はいいし、空気もうまい。こんなに気持ちのいいドライブを、どうして一人ぼっちでしているのだろうという思いがちょっと頭をよぎったが、そんなことは考えないようにしてＹｅｔｉに向かった。

Ｙｅｔｉに着くと、まずは車の中で着替えを済ませる。その後、入場券を買ってゲートからスキー場内に入った。出る時にはその入場券を返却しなければならないシステムだ。各地のスキー場でリフト券の転売行為が頻発しており、それがスキー場経営を圧迫しているという話をよく聞く。それを防止するため、こういうシステムにしたのだろう。そういえばスキー場を抱える町で、リフト券の転売を禁止する条例を作るところが増えているそうだ。しかしじつは転売している者たちにも言い分はあるらしいのだ。そのあたりのことはいずれ改めて取り上げたいと思う。このエッセイを続けられれば、の話だが。

で、Ｙｅｔｉである。ゲレンデはたしかに長い。千メートルというのは嘘ではあるまい。幅が少し狭いのはまあ我慢しよう。しかし、いくらなんでもあまりに斜面が緩やかすぎないか。私は斜面が始まっていることにしばらく気づかず、ボードを抱えたまま、ずいぶんと歩いてしまったではないか。

もっとも雪質は悪くない。屋外を思い切り滑る感覚はザウスでは味わえなかったものだ。その快感を求めてか、その日は平日にもかかわらず異様に来場者が多かった。リフト待ちは十分以上だ。皆の顔は、ようやくシーズンが始まったという喜びに溢《あふ》れて見えた。

だらだら斜面を滑りながら、まあいいか、と私は思った。これを緩斜面と感じられるほど上達したことを喜ぼう。そして一刻も早く本格的なシーズンがやってくるのを待とう。
その日は早めに切り上げて東京に帰った。帰りの車の中で、各地で初雪が観測されたというニュースを聞き、思わず小躍りしたのだった。

（二〇〇二年十月）

おっさんスノーボーダー活動開始

さあいよいよ二〇〇三年シーズンに本格突入である。それにしてもこのエッセイ、一体どれだけの人が読んでくれているだろうか。まわりでスノーボードに興味のある人といえば、実業之日本社で担当のT女史とS編集長ぐらいだ。ハーフパイプをこなす銀座ホステスのtちゃんは、とっくに店をやめちゃったしなあ。しかしまあ、執筆依頼があるかぎりは続けてやろう。これを書いている以上、リフト券代を経費に回しても税務署は文句をいえまい。ふっふっふ。

さて本題である。今シーズンはありがたいことに各地の降雪が早かった。暖冬を予報していた気象庁が修正発表をしたりして、雪を待ち望む者としてはうれしいかぎりだ。もちろん、豪雪地域に住む人々のことを考えていないわけではないのだが。

今はインターネットを使って、各地のゲレンデの積雪状況をライブカメラで観察できる。

東北では安比《あっぴ》高原や夏油《げとう》、上越では岩原《いわっぱら》、丸沼高原なんかが有名である。とても雪なんか積もってそうにない十一月上旬から、ほぼ毎日のようにそれらのカメラをチェックした。降雪のあった翌日などは、ゲレンデが真っ白になっていたりして、

「おっ、これはもう今日からでも滑れるじゃないか」

と期待に胸を膨らませるのだ。もっとも、白くなっているとはいえ、実際にはうっすらとゲレンデを雪が覆っているだけなのであって、一日経つと早くも地面が見えてくる。それをまた画像で確認し、しょんぼりするといった毎日だった。

それでも十一月半ばになると、人工降雪機の助けを借りて、ゲレンデを通常より早くオープンさせるところがちらほらと現れ始めた。丸沼高原や鹿沢《かざわ》スノーエリアがその代表格で、ライブカメラにスキーヤーやスノーボーダーが楽しそうに滑っているのを見ては、血湧き肉躍る思いをしていた。

ところで各地のライブカメラを見ていると、場所によって降雪状況がずいぶんと違うものだなと思った。同じ上越地域なのに、一足早い雪に喜んでいるところがあると思えば、ちっとも雪が積もらずに弱っているところもあるという状況なのだ。雪の神様は気紛《きまぐ》れなものである。

『ちっとも雪が降りませーん。果たして予定通りにオープンできるんでしょうか』

なんていう、半泣きのコメントがライブ映像の横についているスキー場もあった。

玉原《たんばら》スキーパークも早々にオープンできたゲレンデだ。しかも沼田インターから約三十分と、東京からのアクセスもいい。よし今シーズンの本格始動はここから始めようと、十一月下旬の某日、勇んで出かけていった。道路に多少雪があるかもしれないという情報が入っていたが、心配無用だ。何しろ十一月の車検時に、スタッドレス・タイヤに交換してある。しかも出発前には、入念にチェーンの取り付けを練習した。

久々に見る本物のゲレンデには迫力があった。駐車場で着替えている時からテンションが上がっている。

平日だというのに、駐車場には車がずらりと並んでいた。車の中で着替えていると、見たこともない男性が愛想笑いをしながら近づいてきた。

「あのー、これから滑るんですか」

「そうですけど」

「じゃあ、これ、買ってもらえませんか。五百円でいいです」

そういって彼が見せたものはその日の一日リフト券だった。ははあ、と合点した。彼は一日券を買ったものの、もう引き上げることにしたので、転売していくらかでも取り返そうとしているのだ。正規で買えば四千円ぐらいはする。もっともこの日は正式オープン前だったので、初滑り料金ということでかなり安くなっていた。

「いや、今日はやめておくよ」

そう答えると彼は残念そうに去っていった。その後ろ姿を見ながら考えた。リフト券を転売するというのは一体どういうことなのか、やっぱり不正なのかな、と。

リフト券転売が各地のスキー場で問題になっているという。新潟の湯沢町では年間逸失利益三億円を超えるということで、町の条例で転売を全面的に禁止したらしい。

たしかにリフト券を転売されたらスキー場としては困るだろう。本来窓口で正規の料金を払うつもりだった客が、一銭も払わずにリフトを利用することになるのだから。某ホテル系のスキー場では、その防止対策として、リフト券に顔写真が入るシステムを導入している（大抵ヘンな顔に写ってしまう）。またYeti《イエティ》などが、出入り口を設けて帰り客から入場券を回収しているのも、同様の目的からである。

不景気とはいえ、スキーヤーやスノーボーダーの中には困ったことをする輩《やから》がいるものだと思っていた。スキー場が経営できなくなったら、一番困るのは自分たちじゃないかと憤りさえ覚えた。

だがじっくりと考えるうちに、こんなふうにも思い始めた。リフト券の転売によって、スキー場は本当に損をしているのだろうか。リフト券を売った人間は、当然のことながらそれ以後リフトは利用できない。また、買った人間は、これまたいうまでもないことだが、それまでリフトを利用していない。つまりスキー場側にしてみれば、ただ乗りしている客がいる分、金を払ったけれどリフトに乗らない客がいるわけで、損をしていることにはならないのではないか。

逸失利益三億円という話にも『?』がつく。総来場者数から割り出せばそうなるのだろうが、転売が完全に防止された場合、果たして今までどおりに客がやってくるか、という点が疑問なのだ。高い一日券を買っても転売できるから行く、誰かから売ってもらえるから足を運ぶ、という人間も少なくないのではないか。

無論、スキー場側にも言い分はあるだろう。何より重大なのはリフト券の料金設定だ。これは入場者数から導き出された数字であって、転売行為を計算に入れたものではないはずである。つまり、転売を認めるならば、もっと高く料金を設定しなければならなくなり、結果的に利用者の負担が多くなるというわけだ。

だがリフト券の料金を上げることは、客足を遠のかせることに繋《つな》がりかねない。スキーヤーやスノーボーダーにとってだけでなく、スキー場側にとっても、あまりいい方策とは思えない。

そうしたことから、最近では半日券を販売するようになったスキー場も増えた。なるほどこれなら、早めに切り上げる人や遅くから滑り始める人にとってはありがたい。しかしまだ問題はある。一日券との料金差が少なければ意味がないという点である。そして大抵のスキー場では一日券と半日券（あるいは時間制限券）の差があまり大きくない。せいぜい千円かそこらだ。これでは、とりあえず一日券を買っておいて、早めに引き上げる場合には誰かに売ろう、と考える者が出てきてしまう。

なぜ半日券（あるいは時間制限券）をもっと安くできないのかは明白である。それは、客の多少にかかわらず、リフトの稼働、維持、管理にかかる費用はほぼ一定だからだ。仮にリフトの利用回数に応じて料金を厳密に徴収するシステムが作られた場合、その料金はびっくりするほど高額なものにならざるをえないだろう。

もしかすると一日券というものを作ってしまったことがスキー場側の失敗ではないか。回数券方式を面倒がる客のために作ったのだろうが、一日券ではなく、最初の時点で半日券もしくは時間制限券を作っておくべきだった。その料金が現在のレベルであっても、利用者側にさほどの不満は生じなかったのではないか。

リフト券問題についてずいぶんと枚数をさいてしまった。こんなに力説するつもりはなかったのだが、金が絡むと真剣に考えてしまうのは大阪商人の性《さが》みたいなものだ。どうか御勘弁いただきたい。

さて玉原スキーパークで初滑りだが、リフト一本分をいきなりノンストップで滑り降りたら、太股《ふともも》がぱんぱんに張ってしまった。さらにもう一本滑ったら、今度は息も絶え絶えである。どういうこっちゃこれは、普段ジムで鍛えているはずなのにちっとも実ってないぞと落胆したが、よく考えてみたらコースの上から下まで千数百メートルある。ザウスがせいぜい四百メートルだったから、その三、四倍だ。これまでザウスでばっかり滑っていたから、力の抜き加減やペース配分がわからないのだ。やっぱり自然のゲレンデはいいわいと再認識した。

自然のゲレンデは長いだけでなく起伏もある。ちょっとした凸凹があるだけで、リズムは狂うわ、フォームは乱れるわで、なかなか思うように滑れない。転ぶこともしばしばである。ザウスのような温室で練習していたツケが回ってきたのだなとショックを受けつつ、その日はゲレンデを後にした。

そうこうするうちにT女史から連絡が入った。鹿沢ハイランドに行きませんかという誘いだった。もちろんこっちに異存はない。二つ返事でOKした。

十一月末、S編集長を含めた三人で鹿沢に挑んだ。ちなみにここのリフト券はチケットというよりも小さな札で、それを身に着けていれば、自動改札方式のリフトのゲートを通れるというものだった。帰る時には返却しなければならず、その際に前もって預けてあった千円を返してくれるのだ。これまた転売防止策の一つだろう。いろいろと考えるものである。

まだ雪が少ないため、使えるゲレンデは一つだけだった。それでも斜度は十分あるし、足慣らしという点ではもってこいのコースだ。最初は凍っていてがりがりだった雪面も、途中から降り出した雪によって時間と共にふかふか感を増してくる。

子供のようにはしゃぎ始めた我々だったが、ふかふか雪は表面だけで、その下は相変わらず氷のように固い。気取ってターンの練習をしていたS編集長などは、転んだ拍子にもろに両膝《ひざ》をぶつけてしまい顔をしかめていた。

平日だったので客は少なかったが、スキーのレッスンをしているグループがいた。ボーゲンなんかをしているので初心者のコースなのかなと思ったが、どうも様子が変である。練習生たちの滑りがうますぎるのだ。しばらく観察していて、どうやらインストラクターを育てるためのレッスンであると気づいた。スキーがうまいのだから、きっとボードもそこそこなせるに違いない。そのグループの前を通過する時にはちょっと緊張した。ところがそんな時にかぎって失敗して転ぶのだ。全くついてない。あるいは単にプレッシャーに弱いだけか。

我々はリフトの営業が終わるぎりぎりまで滑っていた。T女史はもちろんのこと、私も

S編集長も難なく滑り降りられる。一年前は誰がこんな光景を予想しただろうか。それを思うと感無量である。

宿に着くとまずは温泉だ。その後のビールが最高にうまいことはいうまでもない。アルコールが適度に回り、舌が滑らかになってくると話も弾む。話題は無論、今後いかにしてスノーボードの技術を向上させるか、だ。

S編集長によれば、この旅行に備えて、自分の社で出している『スノーボード最速マスター』という本を熟読してきていたらしい。じつはその本は私のところにも送られてきた。たしかに役に立つ本ではある。しかしその本は、二〇〇一年同社が出した『スノーボードこれですべれる最速マスター5日間』と殆《ほとん》ど同じ内容で、中のイラストなんかも転用されているのだ。せこいぞ、実業之日本社！

まあそれはともかく、本のおかげで我々の会話に専門用語が飛び出すようになったのは事実である。

「立ち上がり抜重《ばつじゅう》と抱え込み抜重というのがあるでしょ。立ち上がってふっと板にかかる力を弱めるってのはわかるんだけど、しゃがみ込むことで荷重が減るってのは、どうもよく理解できないんですよね」（S編集長）

「しゃがむというより、板を引き上げると解釈すればいいんですよ。すると雪面を押す力

こんなに雪が降ったのに、これから帰るだけなのである。
ちなみにこの車には10年以上乗っている。

が減るでしょ」(東野)

「なるほど、それならたしかにイメージしやすいですね。するとターン時の荷重では足を伸ばしていくわけですね」

「そうです。立ち上がり系とは逆になります」

話だけを聞いていると、かなりの腕前みたいである。が、いうまでもなく初心者に毛の生えた二人の会話だ。形から入るという言葉があるが、我々の場合は口から入っているようなものである。

S編集長とT女史の仕事の都合で、翌日はすぐに帰京せねばならなかった。名残惜しさを抱きつつ、我々は宿を出た。そして驚いた。

私の車が雪に覆われていたのである。荷物を積む前に、まず雪下ろしをしなければならない状況だ。

「やっぱりこうなりましたか。一晩中降り続けたそうですからねえ」S編集長が呑気《のんき》な声でいう。

宿の人から道具を借りて、我々は早速雪下ろしを始めた。三人とも何となく無口になっていた。

我々の顔にはきっと、

「くそっ、今日はさぞかしゲレンデコンディションがいいんだろうな」

と書いてあったに違いない。


（二〇〇二年十一月）

新本格系スキーツアー

このエッセイを続けているおかげで、私がスノーボードに夢中だということは、業界内でかなり知れ渡っているようだ。「いい歳して、何やってんだよ」という悪口が多いようだが、歓迎してくれる人も少数だが存在する。作家の二階堂黎人さんなんかもその一人である。彼とは日本推理作家協会の理事会でよく顔を合わせるのだが、

「今度ぜひ、僕たちのスキーツアーに参加してくださいよ」

と誘われたのだ。ツアーの参加者は笠井潔さん、貫井《ぬくい》徳郎《とくろう》君といった本格系作家が中心らしい。

スノーボードで参加してもいいですかと訊《き》いたら、もちろん大丈夫という優しい答えが返ってきた。

で、一月半ば、集合場所であるシャトレーゼスキーリゾート八ケ岳《やつがたけ》に向かった。ここは

かつて八ケ岳ザイラーバレーといったのだが、経営者が変わったので名称も変更されている。シャトレーゼというのはお菓子の会社らしい。

現地で適当に落ち合いましょう、というのが貫井君からの連絡だったのだが、果たしてうまく会えるものなのか、ちょっと不安だった。しかし行ってみると、思ったよりも広くなく、レストランも一つしかない。おまけに人も少なかった。なるほどこれなら大丈夫かなと思い、ひと滑りした後で休憩していたら、案の定、二階堂さんと貫井君に遭遇した。彼等は来たばかりということだった。

「クロケンがどこかで滑っているはずですから、ケータイで呼びましょう」そういって二階堂さんが携帯電話を取り出した。

クロケンというのは新人作家の黒田研二である。かつてこのエッセイでも、ザウスに来ていたスキー好きとして紹介したことがある。

間もなくその黒田研二が現れた。シーズンが始まって間がないというのに、すでにゴーグル焼けをしている。さすがは三重から遠路はるばるザウスまで来ていただけのことはあるなと思った。

この黒田研二君は、かつてニフティサーブ上に「東野圭吾ファンクラブ」を作り、会長をしていたこともある。当時は格別交流はなかったのだが、彼が小説推理新人賞の候補に

貫井君（右）からは税金対策のことを相談された。クロケン（中央）には締切の延ばし方をきかれた。（写真提供／二階堂黎人氏）

なっていることを知り、私が彼に励ましのメールを出したという縁があるのだ。じつは私の短編小説にも、実名で登場している（関心のある人は探してみてください）。だから彼に会ってゆっくり話すことを、スノーボードと同じくらい楽しみにしていた。

挨拶《あいさつ》を済ませた後、とりあえず滑ろうということになった。私としては同業者と滑るなんてのは初めての体験だ。ちょっと緊張しながらリフトに乗った。

スキーの腕前は、三人ともかなりのものである。面白いのは、スキーといっても、三人ともスタイルがまるで違うことだ。一級の実力者で昨夏はニュージーランドに行ったというクロケンは、カービングスキーのテクニックを完璧《かんぺき》に身に着けている。その点貫井君は古き良き時代のスキーテクニックの持ち主だ。使っている板も二メートルという代物である。二階堂さんはスキーボード。ものすごく短い板で、ファンスキーとかショートスキーともいう。二階堂切れとスピードのクロケン、華麗な貫井君、自由な滑りの二階堂さんというところだ。

ただし三人ともスキーであることには変わりなく、一枚板のボードで彼等のお付き合いをするのはかなり大変だった。何しろこっちは平地で止まったら最後、今度は動きだすのが困難だ。ところがスキー三人衆は、やたら平地で集合したがるのである。仕方なく、彼等の前を通り過ぎ、少し先の斜面の中腹で待機するということになる。

「スキーとボードでは、やっぱりいろいろと違いがあるんですねえ」貫井君が感心したようにいう。

「ビンディングの装着にも手間取るし、みんなに迷惑をかけてなきゃいいんだけどね」

私の言葉に、彼は手を振ってこういった。

「僕たちが途中で止まってても、東野さんが通り過ぎていっちゃうでしょ。だから、早くいかなきゃってことで、すぐにスタートするから、結果的に殆《ほとん》ど休んでないんですよね。こんなにがんがん滑ったことなんて、これまでなかったですよ」

いわれてみて、なるほどと思った。

ひとしきり滑った後、再度レストランでティータイム。シャトレーゼ、というだけあって、お菓子関係が充実している。「ケーキ食べ放題コーヒー付き　一人千円」という看板を見て、クロケンは真剣に悩んでいた。彼は酒飲みだが、甘党でもあるらしい。若いから問題ないが、中年以降は間違いなくコレステロールに悩まされるタイプだ。すでに体型的にはその兆候を示しつつある。結局彼は「ケーキとコーヒーのセット　五百円」にした。彼によれば、ケーキを三個以上食べないと得しないらしい。するとどこからか二階堂さんが現れて、おいしそうなケーキを二個テーブルに置いた。

「この下でも売ってたよ。そっちのほうが安くて、種類もたくさんあった」というのだ。

ううむ、さすがはあれこれとトリックをこねまわす二階堂さんだけあって、ケーキを買うにも熟考するらしい。クロケン、ちょっと羨《うらや》ましそうな顔で二階堂さんのケーキを見ている。

その夜は温泉に入り、食事を済ませた後、部屋で小宴会となった。新本格系の作家は下《げ》戸《こ》ばかりという印象があったのだが、意外なことにこのメンバーで飲まないのは二階堂さんだけだった。

その二階堂さんはクロケンにしきりに結婚を勧める。年に五冊も本を出したんだから、それなりに収入も安定してきただろう、というわけである。

「一体どうして結婚したくないんだ。もっと女遊びがしたいという魂胆なのか」

「いやそうじゃなくて、必要を感じないだけなんです。女遊びだなんて、そんな人聞きの悪い」

「でも好きになった女性が全然いないわけじゃないだろ」

「それはいますけどね、ずっと一緒に暮らしていけるかというと、それは無理だなと思うわけです」

「そういうのは本当に好きになったとはいわないんだ」

「そうだ。それは単にその子とセックスしたかっただけだろう」と私も尻馬《しりうま》に乗る。

「いや、セックスなんてどうでもいいと思ってますよ。どっちかっていうと、なくてもいいと思ってるんです。セックスなんかより、オナニーのほうがいいとさえ思っています」

「そんなことあるわけないだろ」

私がいうと、クロケンは真剣な顔で手を振った。

「いや、それはですね、東野さんがオナニーのよさを理解してないからです。オナニーを極めてないからです」

「君は極めたというのか」

「極めたつもりです」クロケンは突然胸を張っていった。「たとえばトビながらイクなん

ての は最高じゃないですか」

「トビながらイク？　なんだそれ」

「だから机の上とかに乗ってですね、やるわけです」

「それでもしかして、発射する瞬間に跳び上がるのか」

「そのとおりです」クロケンは大きく頷《うなず》く。「宙に浮いた感覚とマッチして、最高です」

「そんな馬鹿なっ」二階堂さんがのけぞった。

「いや、本当です。やったことないですか」

あるわけないだろう、と全員が全否定した。

「ちょっと訊くけど、後始末はどうするわけ？」貫井君がおそるおそるといった感じで質問した。「出したものは床に飛び散ってると思うんだけど」

「それはまあ、自分で拭《ふ》きます」とクロケン。

「拭いてる時、虚《むな》しくならない？」

「いや、まあ、そりゃあ虚しいですよ。でも快楽のためにはそんなことに負けちゃいけません」クロケンは自信たっぷりに答えた。

こいつ、脳味噌《のうみそ》が腐ってるんじゃないか、と私は思った。そして一時にせよ、こんなアホが自分のファンクラブの会長だったかと思うと情けなくなった。講談社も、こんなアホだとわかっていたら、メフィスト賞を授けることもなかっただろう。

これをきっかけに、我々の会話は際限なく下品に、そして低レベルになっていった。ここではちょっと書けない内容ばかりである。何しろ先に寝床に入ったはずの貫井君が、あまりの興味深さに起きてきたぐらいなのだ。

というわけで、寝不足での二日目となった。笠井潔さんが我々のホテルまでやってきた。この日のゲレンデは富士見《ふじみ》パノラマ。二台に分乗して向かった。私は笠井さんの車に乗せてもらった。車中、今年に入ってスキーは何度目ですかと尋ねてみたら、笠井さんは少し口ごもってから、

「ここだけの話、十一回目かな」

「えー、じゃあほぼ毎日じゃないですか。そんなんで、よく仕事ができますね」

「だから、ここだけの話だといってるじゃないか」

あまり驚いたので、このエッセイに書いてしまいました。すんまへん。

富士見パノラマは、ゴンドラで直線距離約二・五キロを上昇し、一気に滑り降りてくるというゲレンデである。実際の距離は三・五キロぐらいあるだろう。四百メートルだったザウスに換算すると、約九ザウスである。これは大変だ。ところが笠井さんはクロケンに、

「今日は最低十回はゴンドラに乗るからな」とハッパをかけている。

富士見パノラマは手強かった。距離が長い上に、途中かなりの急斜面が待ち構えているのだ。一本滑ればフウフウである。太股《ふともも》はぱんぱんだ。

　それでもクロケンと笠井さんは、公約通り十回滑ってしまったのだから驚きだ。さらに驚きなのは、私にしても九回滑っていることである。ただし、さすがに後半は足が動かなくなった。

　その夜は笠井さんのお宅（というより、正確には仕事場）にお邪魔することになった。図々《ずうずう》しいクロケンは、足マッサージ器を見つけ、早速試している。ビールを飲みながら鍋《なべ》をつつき、スキー談議に花を咲かせた。鍋が空っぽになった後もそれは終わらず、別室でスキーの臨時講習会となった。笠井さんがカービングスキーのレッスンビデオをかけたからだ。

　じつは私は最近まで、カービングスキーというものを誤解していた。単に従来のものより短くなり、曲がりやすくなっただけで、テクニック自体は変わらないと思っていたのだ。ところが実際には、従来とは全く違う滑りをしなければならないそうなのである。

　ビデオを見ながら笠井さんは怒っている。

「身体を斜面下に向けちゃいけないとはどういうことだ。俺は昔、そうしろとさんざんいわれたぞ。がんばって、そうできるよう練習したんだ」

「カービングスキーではだめなんです」説明役はクロケンである。

「なぜだ」

「なぜって……それではカービングスキーの特性を生かせないからです」

「このビデオでは、内足に荷重しろ、なんてことをいってるぞ。昔は内足には力を加えちゃいけないと指導された」

「それもカービングスキーでは通用しないんです。内足にもしっかりと荷重しなきゃいけません」

「なんだよ、それ」貫井君も口を尖《とが》らせる。「じゃあ、今まで僕たちがやってきたことは何だったんだ」

「いや、だから、それはそれでいいと思います。昔式の滑りってことで、間違いではないんです」

「昔式とはなんだ。僕を古臭い人間みたいにいうな。同い年のくせに」

「いやいやいや、そんなことはいっちゃいません。ただですね、今はもう時代が変わってですね、スキーも小説と同じで世代交代しているというわけです。だからその、昔の人にはそろそろお引き取り願いたいと。へっへっへ」

「なんだとっ」

「何をいうっ」

その後、クロケンが我々から袋叩《ふくろだた》きに遭ったことはいうまでもない。

（二〇〇三年一月）

おっさんスノーボーダーのあくなき戦い

中学時代、剣道をやっていた。当然のことながら剣道は防具をつける。面と胴、そして籠手《こて》である。なかなか激しいスポーツだから汗をかく。その汗で防具は濡《ぬ》れる。特に皮膚に密着している籠手は、内側が常に湿ったようになっている。

剣道をやったことのある人ならわかると思うが、そんなふうになった籠手は死ぬほど臭《くさ》いのである。その籠手にはめた手まで臭くなる。鼻がひん曲がる、という表現がちっともオーバーでないほどに臭い。剣道をしなくなってよかったことの第一は、あのひどい臭い《におい》を嗅《か》がなくてもよくなった、ということであろう。

ところが、である。もはや縁がなくなったはずの臭いを、つい先日嗅いでしまったのだ。場所は某ゲレンデの休憩所内。ひと休みしようと煙草をくわえた時、あのおぞましい臭気が鼻孔を刺激した。

一体どこが臭っているのかとくんくん嗅いでみたら、剣道をしていた時と同じく、手の甲のあたりから悪臭が発せられていた。私は思わず顔を歪《ゆが》めた。

「なんだ。なんでこんなに臭いんだ」

原因は一つしか考えられない。私はスノーボード用のグローブの内側を嗅いでみた。その瞬間、気を失いそうになった。

「うへっ」

なんと、グローブがあの時の籠手と同じ臭いになっていたのだ。そういえば湿っぽさも酷似している。

翌日、私はグローブに消臭スプレーをたっぷりかけ、天日干しした。一度では臭いが抜けなかったので、それを数度繰り返した。それでもかすかに臭っている。

無理もないか、と思った。ザウスという強い味方があったおかげで、昨年春にスノーボードを始めて以来、ほぼ毎週のようにそのグローブをはめている。もちろん毎回乾かしてはいるが、洗ったことなど一度もない。まさに中学剣道部時代の籠手と同じ扱いをしていたわけだから、同じような異臭を発するのが理の当然というものだ。

この一年よくがんばったもんなあ、と消臭剤でびしょびしょになったグローブを見つめながら、これまでのことをしみじみ振り返った。

それだけ練習したわけだから、かなりの腕前になっているはずである。そこで、果たしてどこまで上達したかをチェックするためにインストラクターに見てもらおう、と思い立った。早速いつものコンビ、S編集長とT女史に声をかけると、二人とも話に乗ってきた。それだけでなく、私をスノーボードの世界に引き込んだ、元『スノーボーダー』編集長のM氏も同行するという。行き先はもちろん、私にとっての約束の地、ガーラ湯沢である。

一月末日、昨年と同じように新幹線で向かった。前回はスノーボードのスの字も知らず、果たしてどんな試練が待ち受けているのかとどきどきしていたものだが、今回は全然違う。とにかく滑りたくて身体がうずうずするのだ。気になることといえばゲレンデのコンディションだけである。

「少し降ってくれるといいね。ふかふかの新雪の上を滑れれば最高だよ」

「新雪。いいですねえ」

そんなことをいっていたのだが、新幹線が現地に近づくにつれて、我々の顔は引きつり始めた。窓の外は大雪である。風も強そうだ。

すっかり無口になったまま我々はガーラ湯沢駅に辿《たど》り着いた。準備を済ませ、ゴンドラに乗り継いだが、外を見て一層暗澹《あんたん》たる気持ちになった。降雪が激しくて、向こうがよく見えないのだ。

「えーと、これはいわゆる吹雪ですね」T女史が棒読みの口調でいう。あまりに茫然《ぼうぜん》としているので、感情を声に込められないらしい。

「ゴンドラが動いているから、そう見えるだけだって。上に行けば、案外小降りじゃないかな」

私の言葉に皆が頷《うなず》いた。

「きっとそうですよ。大丈夫、大丈夫」

「吹雪だったらゴンドラだって止めるはずですものね」

「そうだよ。ははは。はははは」

狭いゴンドラ内が空《むな》しい笑い声で満ちた。

で、ゲレンデに到着した。我々の願いは天に届かず、思いっきり吹雪いていた。寒いというより痛いほどの雪と風だ。レストハウスから外に出た私は、すぐに舞い戻った。寒さには強いつもりだが、とても耐えられない。せめて何か首に巻くものを買おうと売店に飛び込んだら、すでにT女史が暖かそうな首巻きを買い終えたところだった。

「あっ、なんだ自分だけ」

「だって東野さんは寒いのが好きじゃないですか」

「吹雪は好きじゃない。俺も首巻きを買うぞ」

二人で売店を出ると、S編集長が口を尖《とが》らせた。「あっ、なんだそれ。ずるいぞ」

結局、三人とも同じ首巻きをつけることになった。ちなみにM氏は首にタオルを巻いていた。コストはかからないかもしれないが、まるで魚屋のおっさんである。

精一杯の防寒をした後、いよいよ滑走開始である。今回のインストラクターは松村圭太《まつむらけいた》さんという人だ。今年は私一人だけがレッスンを受けることになった。昨年一緒に初心者レッスンを受けたS編集長は、M氏にコーチを頼むということだった。

とりあえずリフトに乗った。上に行くにしたがい、雪も風もますます強くなる。

まずは自由に滑ってみてくださいといわれたので、いつものように適当にターンを交えて滑ってみる。松村さんはすぐに追いついてきた。

「はい、わかりました。癖がないし、大変いいと思います。ただちょっと身体が前に突っ込みすぎですね。ターンの後半では重心を後ろに移すようにしてください」

おやおや、スピードに遅れまいと前方に重心をかけていたのだが、それ一辺倒ではいかんということらしい。一人で練習していたのでは、絶対に気づかなかった欠点だ。これだけでも今回習ってよかった。

もちろんほかにも悪いところをいくつか指摘してもらった。そのうえで新しいテクニックを習う。「はい、オーケー。それでいいです。上手《うま》いです」と松村さんにいってもらえ

この時、スノーボード＝寒いスポーツだと思い知った。当たり前だよな。

ると安心する。本やビデオで学習しているだけでは、自分が果たしてきちんと滑れてるかどうかわからないもんなあ。読者の皆さんで、もしスノーボードを始めようと思っている方がいらっしゃったら、是非きちんとインストラクターに教わることをお勧めします。

それにしてもこの日の天候はひどかった。風が強くて、止まっている時は立っていられないのだ。松村さんの話を聞く間は、つい座り込んでしまった。

二時間のレッスンを終えた後、編集者組と合流する。一年ぶりに私の滑りを見たM氏は仰天していた。

「へええ、お世辞でなく、去年始めたばかりの人とはとても思えませんよ」

ふっふっふ、そうだろう。去年始めたばかりだが、滑走日数は半端じゃない。ザウスを含めたら数十日に及ぶのだ。

「それだけの腕前なら、新雪でも全然問題ないでしょう。明日は新雪ゾーンに行きましょう」

「いいですねえ」

で、翌日である。朝から気持ちいいほどに晴れている。ところがT女史だけは、仕事があるとかで東京に帰ってしまった。おっさん三人だけでゲレンデに向かう。晴れているとリフトに乗るのも気持ちがいい。

「Tさんも、これだけ晴れてる中を帰るのは悔しかっただろうね」私はいった。

「そういえば鹿沢の時もそうでしたよね。晴れている中を帰らなきゃならなかった」S編集長もいう。「彼女、もしかしたら雨女ならぬ吹雪女なのかもしれないな」

「そうだそうだ。きっとそうだ。吹雪女が帰ったから晴れたんだ」

「これからはあいつがゲレンデを離れた時を狙いましょう」M氏も乗ってきた。

前日たっぷり雪が降っているので、ゲレンデはどこの斜面も新雪状態だった。M氏は私をコースから少し離れた場所に導いた。結構斜度があり、人の滑った形跡が殆《ほとん》どないところだった。

「こういうのを本物の新雪というんですよ」そういってM氏は斜面の下に消えた。よしでは俺も続くぞ、とばかりに突っ込んでいった。ところが、である。いつもなら軽快に滑りだすはずの板がちっとも前に進まない。それどころか雪に埋まって動かなくなった。当然のことながら身体は勢い余って前に飛ばされる。気づいた時には雪風呂《ゆきぶろ》につかっていた。あわてて出ようとするが、ずぶずぶと沈むばかりで身動きとれない。ふと後方を見ると、S編集長も同じ状況に陥っていた。

悪戦苦闘すること十数分、雪だらけになりながらM氏のところに辿《たど》り着いた。

「新雪はそれなりのテクニックがいるんですよね、へっへっへ」

M氏、やけに楽しそうである。後日S編集長に聞いたところによれば、

「いやあ、東野さんがあんまり上手くなってるもんだからさあ、天狗《てんぐ》になられちゃまずいと思って試練を与えたわけよ」

といっていたらしい。ううむ、出版業界におけるスノーボーダーNo.1の地位がそんなに大切なのか、M氏よ。

ところでそんなふうに二時間ほど滑っていたら、突然雲行きが怪しくなり始めた。あれよあれよという間に雪と風が強くなり、気づけば前日以上の吹雪である。こりゃあたまらんとばかりに我々は引き上げることにした。

どうしてこんなに降ってきたのだろうと三人で話しているうちに、ふと気づいた。

「あっ、もしかしてTさんが東京に着いた頃じゃないのかな」

「そうだ。ちょうどその頃だ。あの女め、自分がこれから仕事をしなきゃならない腹いせに、こっちに吹雪を呼びやがったな」

ゴンドラの中から外を見ながら、おっさんスノーボーダー三人は、女の怖さを改めて嚙《か》みしめたのだった。

さてインストラクターからお墨付きを貰《もら》った気分の私は、その後もせっせとゲレンデに通った。週に一度は滑るという、自分でもちょっと異常だなと思うほどのがんばりぶりである。朝早くに三時間ほど運転してゲレンデに向かい、五時間ほど滑った後、また三時間運転して帰る、というパターンだ。しかも大抵の場合は、その後、夜の街に飲みに出かけるのだ。一体いつ仕事をしているのかと不思議がられるが、はっきりいって自分でもよくわからない。

そして、この誰も読んでいないエッセイの新鮮なネタを探すため、苗場に行こうということになった。そういえば昨年も苗場に行ったのだが、すでに雪は殆ど消えており、かぐら・田代のほうに移動したのだった。

だが今回の苗場は違った。時期が早いせいもあって、雪はどっさりある。しかも吹雪女

T女史が一緒だったにもかかわらず、雲一つない好天だ。

「やっぱりユーミンの力は偉大ですねえ」ということになった。我々が苗場に行ったのは、松任谷《まつとうや》由実《ゆみ》のコンサートがプリンスホテルで行われる時だったのだ。

我々は思う存分滑りまくった。ゲレンデマップを広げては、全てのコースを制覇してやろうと意気込んだ。

「ねえ、あそこはまだ滑ってないよ。誰もいないし、すごくすいてる」ゴンドラの上から、私は一つの斜面を指差した。

「そういえばそうですねえ。行ってみましょうか」とT女史。

行こう行こうということになり、ゴンドラを降りると、我々はその斜面を目指して滑りだした。

やがてそのコースへの分岐点に辿り着いた。そこにはこう書かれた看板が立っていた。

男子スラロームコース　最大斜度40度
よよよ、よんじゅうどー。

こりゃあ誰も滑ってないはずである。さすがにビビった。しかし、ここまで来て引き下がるわけにはいかない。私は矢印の方向に進んだ。そしてたまげた。

「うひゃあ」

こんなところを滑るやつなんているのか、というような急角度である。下を見て、しばし茫然となった。

ふと見上げると、すぐ上をゴンドラが通過していった。窓の人の顔が見える。彼等はきっと、この斜面で立ち尽くしているスノーボーダーを見て、一体どうするつもりだろうと興味津々《しんしん》の思いでいるに違いない。こんなところでみっともないことはできない。逃げてはだめだ。玉砕するしかない。

「でやあああああ」

気合いとも悲鳴ともつかぬ声をあげ、おっさんスノーボーダーは真っ逆さまに突っ込んでいったのだった。

（二〇〇三年二月）

小説「おっさんスノーボーダー」

新聞を読むふりをしながら、益男《ますお》は黙々と朝食を口に運んだ。不機嫌そうに見えるよう振る舞っていれば、妻から余計なことを話しかけられずに済むと思っているわけだ。読者諸氏もおわかりのように、多くの場合、こうしたせこい芝居は古女房には通用しないのだが。

食事を終えると彼は新聞を閉じ、隣の椅子に置いた上着に手をかけた。

「じゃあ、出かけるから」声に抑揚が出ないように気をつけた。これまた彼なりの小芝居だ。

「今日はどちらに出張でしたっけ」

「新潟だ。昨日もいっただろ」

「帰りは明日なのね。明日、会社には出るの？」

「うん……出られたら出る予定だ」

益男は上着を着ると、玄関に向かって歩きながらベージュ色のコートを羽織った。ぐずぐずしていたら、妻から質問責めに遭うことを知っていた。

靴を履き、下駄箱の上に置いてあった書類鞄《かばん》を抱えた。薄っぺらい鞄だ。中にはカムフラージュ用のファイルと筆記具のほか、洗面具と下着しか入っていない。一泊の出張では、これより大きな荷物を持っていくわけにいかない。そんなことをしたら一発で妻にばれてしまう。

「じゃあ、行ってくる」

「行ってらっしゃい。気をつけて」

家を出て最初の角を曲がったところで益男は小さくガッツポーズをした。今頃になって心臓がどきどきし始めていた。妻をうまく騙《だま》せたという興奮、さらにはこれから始まる夢のような時間への期待が、彼の気持ちを高揚させていた。

もちろんうまく騙せたと思っているのは彼だけで、実際には彼の妻は、なんか怪しいなと勘づいているのである。だから彼女は今日中に一度会社に電話を入れようと思っている。それでまあ彼の嘘は崩壊するのだが、現時点ではまだそのことを知らず、幸せいっぱいの益男なのであった。

電車を乗り継いで東京駅に着いたのが八時十分前だった。背広の内ポケットから上越新幹線の切符を取り出し、ホームに向かった。

ホームには若い客が多かった。殆《ほとん》どの者がスキーやスノーボードのケースを持っている。それでも益男のようなサラリーマン風の男も少なくない。

益男は指定席券の表示を見ながらグリーン車に乗り込んだ。出張時はもちろん、家族旅行でだってグリーンなどは使ったことがない。もっとも、家族旅行などここ数年一度もしていないのだが。

席の番号を何度も確認してから腰を下ろした。グリーン車両はすいていた。スキー場に行く若者たちは、こんなところで贅沢《ぜいたく》しないのだ。

時計を見ながら益男はそわそわした。そろそろ来てくれないと発車してしまう。それともドタキャンか。不吉な予感が胸をかすめる。

発車を告げるアナウンスが流れた。益男はたまらず腰を浮かせた。その時、窓の向こうにミドリの姿が見えた。スノーボードの長いケースを担ぎ、小走りにやってくる。

益男は彼女に向かって両手を振った。すると彼女も気づいたようだ。にっこり笑い、乗車口に向かった。

ミドリが車両内に現れるのを見て、益男は吐息をついた。その直後に列車は動きだしていた。

「心配しちゃったよ。急用でもできて、来られなくなったのかと……」

「ごめんねー。寝坊しちゃった。昨日もさあ、お客さんがなかなか帰ってくれなくて、結局三時間ぐらいしか寝てないの」

「そりゃ大変だったな」益男は相槌《あいづち》をうつ。来てくれた以上、彼女が寝不足だろうが何だろうが、どうでもいいのだった。それより彼はミドリがジーンズを穿《は》いているのが気に食わなかった。店で見る姿はいつも超ミニスカートだ。今日は、存分にそれを観賞できると楽しみにしていたのだ。

「今年は雪、たくさんあるんだって。すっごい楽しみー」ミドリは隣ではしゃいでいる。

うんうんと頷《うなず》きながらも益男は少し不安である。彼女がスノーボードをしている間、自分は何をしていればいいのか、まだ方針が決まらずにいた。

ミドリちゃんは銀座のホステスさんである。顔が小さく、胸が大きい。目はぱっちりしていて、口はぽってりしている。益男が接待でよく使う店で働いている。彼は一か月に一度ぐらいは、自腹で出向く。支払いの時には料金を見て心臓が止まりそうになるのだが、それでも通っている。つまりそれぐらい彼は彼女にぞっこんなのであった。

益男は五十歳になるサラリーマンだ。高校生の娘はあまり口をきいてくれず、妻とは口をききたくない、というごく平凡な中年おやじである。デブではないが、腹は出ている。体重が若い頃とあまり変わらないので油断しているが、体脂肪は二十年前の倍近くある。頭髪のほうは、これはもうこの歳じゃ仕方ないだろ、という状態だ。きっちり櫛《くし》を入れると、口の悪い人間ならバーコードという表現を使うかもしれない。しかし本人は、まだぎりぎり大丈夫、と思っている。分け目が七・三から八・二、そして最近では九・一に近づいていることに気づいていない。こわいものである。

で、そんな益男の夢は、憧《あこが》れのミドリちゃんと温泉旅行に行くことだった。それで彼女と顔見知りになった頃から、しきりに誘いをかけてみた。

「なあ、一度温泉に行こうよ。温泉好きだっていってたじゃないか」

こんな誘いに乗ってくる女の子なんかはまずいないわけである。絶対にいないといっても過言ではない。客の誘いにいちいち付き合っていたら身がもたんわい、というのが彼女たちの本音だ。だからミドリも、なんだかんだと理由をこねまわして断っていた。ここで大事なのは、客を不愉快にさせず、やんわり逃げる、ということだ。怒らせては元も子もない。そのあたりの匙加減《さじかげん》がうまいから、銀座で生き残っているのだ。

ところがある時、ミドリがいつもと違う反応を示した。

「うーん、そんなにいってくれるんなら、一度行ってもいいよ」

益男が一瞬聞き違えたのかと思ったほどの好感触なのだった。

「いいい、行こうよ。行こうよ。どこがいい？　どこの温泉がいい？」益男は勢い込んだ。

「えーとねー、でも温泉だけじゃつまんないでしょ。あたし、スノーボードがしたいんだけど」

「スノーボード？」

「うん。今年はまだ一度も滑ってないの。今のところ行く予定もないし。だから温泉のついでにスノーボードが出来たらいいなって思ったんだけど」

スノーボードというと板に乗って横に滑るやつか——という程度のイメージしか益男には浮かばないのだった。だがそんなことはどうでもいいわけである。大事なのは、ミドリが温泉に行ってくれるということだ。

「いいよ、いいよ。スノーボードしていいよ。だからさ、あのさ、温泉行こうっ」

息をはあはあいわせ、涎《よだれ》を垂らしながら、益男は温泉旅行の話を進めたのだった。

越後《えちご》湯沢駅で二人は降りた。周りは殆どスキーヤーかスノーボーダーである。サラリーマンたちの大半は高崎駅までで降りている。ホームを歩いている者の中でサラリーマン風体の人間は自分だけだ、ということに益男は気づかなかった。彼の目にはミドリちゃんしか入っていなかったのだ。だから彼女が重そうにスノーボードケースを持ち上げた時も、

「いいよ、僕が持つから」

といって運び始めてしまった。ベージュのビジネスコートを着て左脇に書類鞄を抱え、空《あ》いた右手でスノーボードケースを提げているという格好がいかに奇異なものであるか、考える余裕など彼にはなかった。たとえば彼等の数メートル後ろにヒガシノ某という作家がいて、同行の編集者と、

「わっ、なんだあれ。ねえ、タカナカさん、あのおじさんが提げているのはスノーボードだよね」

「えーと、あれはたしかにそうですね。やけに細長い旅行バッグってこともなさそうですね。どう見てもボードです。スノーボードです」

「そうだよね。へえー、世の中にはすごいおっさんスノーボーダーもいるもんだなあ」

「いやいや、よく見てくださいよ。隣に、やけにケバいおねえちゃんがいるじゃないですか。あれはどう見てもホステスですね。あのおじさん、ホステスと旅行なんですよ」

「はは あ、スズキ編集長がそういうなら間違いない。なるほど、出張とかいって奥さんに嘘ついて、若いねえちゃんと温泉旅行か。悪いやっちゃなー。まあしかし、ちょっと羨《うらや》ましいかな」

というような会話を交わしているとは、益男は夢にも思っていないわけである。

越後湯沢駅からはシャトルバスに乗り換えた。着いたところはN場スキー場だ。ゲレンデ前にあるPホテルが今夜の宿だ。益男としては温泉旅館でしっぽりしたいところだったが、どうしてもここでなきゃだめだ、とミドリにいわれてしまったのだ。

フロントで手続きをすると、チェックインは三時からで、それまでは部屋を使えないといわれてしまった。スキーヤーやスノーボーダーたちは、更衣室で着替えた後、荷物をコインロッカーに預けるらしい。

「じゃああたしは滑ってくるよ。マスオちゃんはどこかで待ってて」

「そうだなあ」

そうするしかないわけだ。益男はスキーさえやったことがない。

上下真っ赤なウェアに着替えたミドリは、やはり真っ赤なボードを抱えてゲレンデへ飛び出していった。その後ろ姿を見送った後、益男はホテルのラウンジでコーヒーを飲み始めた。ふと周りを見ると、殆どの人間がスノーウェアを着ている。背広姿でビジネスコートを抱えているような客は彼だけだった。

二時間あまり、益男はそこで過ごした。腹はコーヒーでがぼがぼである。昼過ぎになって、ようやくミドリが戻ってきた。

「あー、疲れたあ。でも気持ちいいー」晴れやかな笑顔を見せた。

益男としては、一言文句をいいたい気分である。なぜこんなところで待たされなければならないのか。しかし口に出すわけにはいかない。ここで機嫌を損ねられたら元も子もない。

「そうかいそれはよかったねえ」思いを遂げるまでの辛抱と諦《あきら》めた。

ゲレンデを眺められるレストランで昼食をとることにした。真っ赤なウェアの若い娘と背広姿の中年おやじ。これはもう、どう見ても怪しげだ。この頃になると益男も、自分たちが周りから変な目で見られてるんじゃないかと思いだした。気づくのが遅すぎるのだが、それほど舞い上がっていたということだ。

「なあ、あとどれぐらい滑るんだい」益男はおそるおそる尋ねてみた。

「そうねえ。ちょっとわかんないな」

「そろそろ満足したんじゃないのか。疲れたっていってたじゃないか」

「何いってんの、これからだよ。やっと足慣らしが終わったって感じかな。まだ本格的には滑ってないもん」

「じゃあとりあえず、チェックインまで休憩したらどうだ。急に滑ると怪我をするよ。チェックインしたら部屋にも入れるし」

部屋に入ればこっちのもの、と益男は考えているのだ。

「チェックインは三時でしょ。まだ一時間以上あるじゃない。そんなに休んでたらもったいないよ。マスオちゃん、チェックインして部屋で休んでて。あたし、納得するまで滑ったらケータイをかけるから、その時に部屋番号とか教えて」

「うーん、そうかあ。わかった」

この場合彼女のいっていることのほうが理にかなっているわけで、益男としては何ともいい返せない。結局、昼食を終えると、ミドリはそそくさとゲレンデに出ていった。

仕方なく益男はレストランの隣にある売店に入った。土産物店というより、ちょっとしたコンビニといったところだ。

ユンケルの瓶を見つけ、彼は目を輝かせた。今夜はあの若いミドリを相手にするのだから、ちょっと体力をつけておいたほうがいいかなと思った。彼は瓶を二つ手にし、レジに向かった。だが途中で引き返し、さらにもう一本を取った。

やっと三時になり、チェックインを果たせた。しかし部屋に入ってみて彼は落胆した。ツインルームしかないことはわかっていたが、一つのベッドが小さすぎるのだ。これではいろいろ出来ないじゃないか、と彼は思った。

背広を脱ぎ捨て、備え付けの浴衣《ゆかた》に着替えた。テレビをつけたが大した番組はやっていない。そもそも、こんなところまで来て、テレビで時間潰《つぶ》しをすること自体が空《むな》しい。

そうだせっかく温泉地に来たのだ、温泉に入らぬ手はない、というわけで益男は浴衣姿で部屋を出た。露天風呂《ろてんぶろ》があるということは、フロントで聞いて知っていた。

一階に下りて廊下を少し歩くと、「露天風呂↓」という表示があった。彼はそのとおりに進んでいった。ところが歩けども歩けども、それらしい場所が現れないのだ。それどころか、ゲレンデと繋《つな》がっているコーヒーハウスなどがあり、そのそばを通る時には冷気に震え上がるという始末だった。すれ違うスキーヤーやスノーボーダーたちは、当然のことながら目を丸くしている。

じつは、露天風呂は新館の一番端にあるのだった。だから益男のように本館に泊まっている人間が温泉に入るには、長い連絡通路を延々と歩かねばならないのだ。もちろんそんなことを彼は知らない。館内配置図を先に見ておかなかったのが最大のミスである。

益男は意地になって進み続けた。こうなったら何が何でも温泉に入ってやるぞ、ともはや執念の塊と化している。ゲームセンターの中を通り、滑り疲れた若者たちがハンバーガーを頬張っている横を抜け、ついに目的の露天風呂に辿《たど》り着いた。

風呂の中で手足を伸ばすと、ようやく温泉地に来たという実感が湧いてきた。もう少し我慢すればミドリが戻ってくる。そうすれば後は――期待に胸が膨らんできた。

いつもとは比べものにならぬほどの丁寧さで益男は全身を洗った。髭《ひげ》も剃《そ》った。ドライヤーで少ない髪をセットし、洗面所に置いてあるコロンをちょっと腋《わき》の下につけてみたりした。鼻歌が無意識に出ていた。

上機嫌で温泉を出た益男だったが、またしても長い連絡通路を歩かねばならないのだった。部屋に着く頃には、すっかり身体が冷えきり、またしても部屋の風呂に入らねばならないという体《てい》たらくだった。

風呂から出ると、ユンケルを二本飲んだ。早めに飲んでおかないと、効き目がないような気がしたからだ。念のためにもう一本いっとくかな、と思った時、携帯電話が鳴りだした。ミドリからだった。

「ごめんねー。夢中で滑ってたらこんな時間になっちゃった」

「もう六時だぜ」

「そうだよね。そろそろ夕食の時間だよね。夕食のチケット、マスオちゃんが持ってたよね。あたし、直接レストランに行くから、マスオちゃんも来てよ」

「その前に一度部屋に来たらどうだい。二三二三号室だから」

「そんなことしてたら時間が無駄だよ。じゃあ後でね」そういうと彼女は電話を切ってしまった。

もう夕食を食べるのかと思ったが、それだけ夜が長いともいえる。彼は少し考えた後で三本目のユンケルを飲み干し、背広に着替え、レストランに向かった。

レストランの入り口でミドリが待っていた。赤いウェアを着たままだった。

「着替えてないのか」

「うん、面倒臭くって」彼女は舌を出した。

風情が全くないと益男は思ったが、文句はいわないでおくことにした。夢が叶《かな》うまで、時間は残りわずかなのだ。

レストランはゲレンデに面していた。窓際の席で二人は和食のコース料理を食べた。ゲレンデには照明が灯《とも》っている。ナイターを楽しむ客たちの黒い影が走っていた。

「さあてと、食事も終わったことだし、部屋に戻るか」彼は鍵を手にして腰を浮かした。

ところがミドリは立とうとしない。首を項垂《うなだ》れ、じっとしている。

「うん？　どうかしたのか」

すると彼女は突然顔の前で両手を合わせた。

「お願い。あともう少しだけ滑らせて」

「えっ」益男は目を剝《む》いた。「まだ滑るのかい」

「今シーズンはたぶんこれっきりなの。だから思う存分滑っておきたいの」

「そんなことといったって、もう十分滑ったじゃないか」

「もうちょっとだけ」

益男は唸《うな》った。さすがに声を荒らげたくなった。だがその前にミドリが呟《つぶや》き始めた。

「そうだよね。あたし、わがままだよね。せっかくこんなところに連れてきてもらって、マスオちゃんをひとりぼっちにしておくなんて、ひどい女だよね。ごめんなさい。あたしなんか、連れてきてもらう資格なかったんだ」しくしくと泣きだした。

「あっ、いや、そんなことはない。そんなことはないよ。ただね、そんなに無理したら身体に悪いんじゃないかと心配しているだけなんだ。平気だっていうなら構わないよ。納得するまで滑ってきていいよ」

「ほんと?」ミドリは顔を上げた。その目に涙の跡がないことに益男は気づかない。

「ああ、いいよ。だけど無理しないようにな」

「うん、わかってる」ミドリはぴょんと立ち上がった。

というわけで益男はまたしても部屋で留守番である。しかし今度はナイターが終わるまで、という時間制限があるのであまり辛《つら》くはない。むしろ彼女が帰ってきてからのことをあれこれ想像し、興奮を高めていく楽しみがある。ユンケルよ効いてくれ、とパンツの中に呼びかけたりした。

ナイターは九時までだ。しかし九時半になっても彼女は戻ってこず、十時になっても何の連絡もなく、ようやく部屋のチャイムが鳴らされたのは十一時近くになってからだった。

「一体今まで何を――」ドアを開けるなり叱責《しっせき》を始めた益男だったが、その言葉を途中で切ったのは、ミドリの姿を見たからだった。彼女は頭に包帯を巻いていた。

「ミドリ、それは……」

「もうサイアク。ぶつかられちゃった」

「ぶつかられた？」

「あたしはビンディングを締めてただけなのよ。そこへ突っ込んできたやつがいて……。今までパトロール室にいて治療を受けてたの」ミドリは片足を引きずりながら部屋に入ってきた。

「けけけ、怪我の具合は？」

「打撲だけど今夜は安静にしてろって。頭にはコブができちゃうし、あー、ついてない」ミドリはトレーナーとジーンズという出で立ちに着替えていた。その格好のままベッドにもぐり込んだ。

「どうして連絡してくれなかったんだ」

「だってマスオちゃんを巻き込みたくなかったもん。話が大事《おおごと》になったらまずいでしょ」

益男は黙り込むしかない。たしかにそうだった。これは不倫旅行なのだ。

「あたし、誰にもいわないから安心してね」

「ミドリ……」

「じゃ、あたし、寝ます。怪我は大したことないから心配しないで。おやすみなさい」

ミドリは益男に背中を向けるように身体をねじると、毛布を肩の上までかぶってしまった。

益男はしばし茫然《ぼうぜん》としていた。何なのだ、これは。散々待たされた挙句に、何もなしに寝ろというのか。そんな殺生な。そんな馬鹿な。

益男は彼女のベッドに近づいた。どきどきしながら手を伸ばした。彼女の肩に手を置いた。

「なあ、ミドリ」声をかけた。

「あ、いたたたたた、痛い痛い痛い」ミドリが突然喚《わめ》きだした。

「わっ、どうしたんだ。どこが痛いんだ」

「全部痛いの。救急隊員がいってた。今夜は全身に痛みが走るかもしれないって。だから安静にしてろって。下手に身体を触っちゃいけないって。ああ、いたたたた。痛い、痛い。もうまいっちゃう」

そんなことをいわれたら、益男としてはもう手の出しようがないのだった。彼は仕方なく、自分のベッドで横になった。

何だこれは、何だこれは、何のための旅行だ、何もなしか、そんなのありか――様々な不満、苦悩、後悔、疑問が彼の頭の中で渦巻いていた。納得できることなど何ひとつなかった。

そりゃあそうである。ミドリちゃんとエッチできると思ったからこそ、今までずっと我慢してきたのだ。それなのに指一本触れられないなんて、こんな理不尽な話はない。

しかし読者の皆さんもおわかりのように、これは最初からのシナリオ通りというものだ。そのシナリオを書いたのはもちろんミドリである。彼女には益男と深い関係になる気などこれっぽっちもなかった。単にスノーボードがしたかっただけのことである。同時に、しつこく温泉旅行に誘ってくる客を煙《けむ》に巻ければ一石二鳥、と考えたわけだ。

怪我はもちろん作り話だ。包帯は事前に用意したものを巻いているだけのことだ。そして益男が腕尽《うでず》くで襲うほどの度胸がないことも彼女は見抜いていた。

かわいそうな益男は、ミドリの背中を眺めているしかなかった。ユンケル三本が効き始めたのか、彼のペニスは怒張したままだった。毛布の下で彼はそれを握りしめていた。眠気が訪れる気配などこれっぽっちもなかった。

明け方になって彼はようやくうとうとし始めた。そして電話の音で目が覚めた。受話器を取ると、ホテルマンの声が聞こえた。

「申し訳ございません。チェックアウトの時間が過ぎております」

益男は驚いて時計を見た。十時を三十分以上も過ぎていた。しかも隣のベッドにミドリの姿はない。彼女の荷物も消えていた。

「もしもし、お客様」

「ミドリは？　いや、連れの者は？」

「はあ？」

「いや、いい。すぐにチェックアウトする」

益男はミドリが寝ていたベッドに近づいた。枕の上にメモが置いてあった。

『傷が痛むので病院に行きます。マスオちゃんを起こそうかと思ったけど、あまりによく眠っているので、かわいそうだから起こさないことにしました。ありがとう、本当に楽しかったよ。東京に帰ったら、また飲みに来てね。ミドリ』彼はクロゼットを開け、上着のポケットを探った。そこに入れてあった帰りの新幹線の切符が一枚だけ消えていた。

午後二時、益男の姿は東京駅にあった。新潟からの上り列車から吐き出されたところだった。彼はまだ茫然としていた。周りの何も見えておらず、何も考えられなかった。とんでもない不幸に見舞われたような気になっていた。しかし彼は知らなかった。本当の悲劇は今から始まるのだ。

たとえばこれから会社に行けば、妻から電話があったことを知らされることになるとは思いもしなかった。妻がどんなやり方で彼に制裁を加えようとしているかなど想像もしていなかった。

さらには作家のヒガシノ某とその編集者が帰りも同じ列車に乗り合わせており、

「あっ、あのおじさん、今日は一人だ。どうしたんだろう」

「ははーん、あれはふられましたね。女の子に逃げられちゃったんですよ」

「そうなのか。そりゃあ気の毒だ。ひひひ」

「ヒガシノさん、これで一本書きませんか。小説『おっさんスノーボーダー』ってのはどうですか」

「おっ、いいねえ、それ。来月でやってみようか」

という会話を交わしていることも、傷心中の益男は夢にも思っていないのだった。

次はゴルフなのか?

どういうわけか、何となくこのエッセイが連載化してしまった。最初は、単にスノーボードに夢中だということをいいたかっただけなのだが。

振り返ってみれば、二〇〇三年シーズンはじつに充実していた。各地の雪が豊富だったこともあり、十一月後半から殆《ほとん》ど毎週のようにゲレンデに通った。その回数は三十回近くになるだろう。腕前もたぶんそれなりに上がっているはずだと自己評価しておこう。

あまりにあちこちでスノーボードの楽しさを宣伝したせいか、シーズン後半になって、自分もやりたいといいだす編集者が増え始めた。K川書店のE君とA君がその筆頭である。しきりに一緒に行こうと誘ってくる。しかも行き先は北海道にしたいという。

「やっぱりゲレンデは北海道でしょう。食い物もうまいし、温泉もあるし」先輩格のE君がいう。

「だけど君たち、スノーボードはできるのかい？　やったことあるの？」

「一回だけあります」とE君。

「僕も一回だけあります。ふつうに曲がるぐらいなら何とかできます」A君もやる気満々だ。

「ふうん、それならまあいいかな。E君はスキーが得意だといってたから、いざとなればスキーに履き替えてもいいわけだし……」

というわけで、あまり心配せずに二人と北海道まで出かけたのであるが、これが間違いだった。二人が有名な法螺《ほら》吹きコンビであることを失念していたのだ。

実際にやらせてみると、二人ともボードを付けた状態では立ち上がることさえできなかった。要するに一から教えてやらねばならないという有様である。札幌国際スキー場のゴンドラに乗ったはいいが、降りてくるのに三時間を要した。自慢するわけではないが、私ひとりだと五分で滑り降りてこられる距離だ。これには凹《へこ》んだ。

埒《らち》が明かないと思い、翌日の午後からはE君にはスキーをやらせることにした。本人の申告によれば、ウェーデルン（スキーの最高技術）なんてちょろいということだったのだ。

それにしたって法螺だろうが、まあ少しぐらいはできるんだろうとたかをくくっていたら、それまた大間違いだった。彼はウェーデルンどころか、ボーゲン（スキーの最も初歩的な技術）だって怪しいという体《てい》たらくだったのだ。

わざわざ北海道にまで行って、ただ雪まみれになって帰ってきただけというのが余程くやしかったのだろう、それからしばらくして二人は、本気でスノーボードに取り組みたいから教えてくれと泣きついてきた。すでに四月に入っていたが、私は相変わらず週に一度はゲレンデに出向いていたから、彼等も連れていってやることにした。どうせ長続きはしないだろうと思っていたが、彼等はほぼ毎週ついてきた。その努力の甲斐あって、二人とも、何とか格好がつくようになってきた。彼等の気持ちはすでに来シーズンに向いている。今度は板も靴も買って、シーズンが始まると同時に雪山に行くんだそうだ。そして女の子にモテたいという魂胆らしい。動機は不純だが、スノーボード教の信者が増えたこと自体は喜ばしい。ちなみにA君の夢は、

「来年の二月か三月には、マイカーに自分の板を積んで、恋人と二人でゲレンデに行き、彼女にスノーボードを教えてやること」

なんだそうである。がんばれよ、A君。でもそのためには、車を買って、自分の板も買って、スノーボードがうまくなって、そして何より恋人を見つけなきゃならないね。いやはや、なんと遠い道のりであることよ。

そのA君と同様の夢を持っているのがK談社のS君である。彼も私がスノーボードを教

えた一人だ。かつて野球少年だったS君は運動神経がよく、体力もE君やA君とは比較にならないほどある。おまけに若いときている。度胸もあるから、急斜面でも怖がらずに突っ込んでいける。というわけで、私の弟子の中では上達度ナンバーワンだ。しかもS君はすでに自分の板と靴を購入している。それだけでもA君より一歩先んじているのだが、最もでかいのはS君には彼女がいることである。滑りの上達が早いS君に足りないものは、もはやマイカーだけだ。A君よ、車だけでもS君より先に手に入れろよ。

というわけで、スノーボード仲間も増えたのだが、季節の変化と共に雪が消えていくのが現実である。五月に入ると次々にスキー場が営業を終了していき、この原稿を書いている時点で営業しているのは、特殊な二、三のゲレンデだけである。私にとっては、五月二日のかぐら・みつまたスキー場での滑走が、事実上の滑り納めとなってしまった。

ザウスがなくなってしまった今、オフシーズンにスノーボードをするのはもはや不可能に近くなった。いやじつは、全く手がないわけではない。ハーフパイプをするのなら、屋内練習場がいくつかあるのだ。しかしハーフパイプにはまだ手を、いや足を出せない。あれに挑むには相当な勇気が必要なのである。もう一つの手は日本を脱出することだ。たとえばニュージーランドに行けば、七月や八月でも存分に滑れる。このエッセイで再三紹介してきた作家の黒田研二こと変態男のクロケンは、昨年カービングスキー修得のためにニュージーランドに渡ったということだ。だが英語が苦手、というよりまるで話せない私としては、慣れない海外に行くよりはハーフパイプの恐怖のほうが、まだ耐えられそうな気がする。そんなこんなで、オフシーズンにスノーボードをする予定を立てられないでいるのだ。

しばらくはスノーボードを休むという話をちらっとしたら、どこから聞きつけてきたのか、だったら別のスポーツをしようよといろんな編集者が近寄ってきた。彼等が提案するスポーツはただ一つで、それはゴルフである。

「ゴルフ、しましょうよ。ゴルフは楽しいですよ。どこのコースでも案内しますから。ねえ、ゴルフ始めてくださいよ。ねえねえねえねえ」

まあ大体こんな感じだ。いわゆる接待ゴルフというやつだろう。もちろんそれにかこつけて、自分たちが会社の金でゴルフを楽しもうという魂胆なわけだ。

常々不満に思っていることだが、接待というのは、相手が気に入っていることに付き合う、というのが本筋ではないのか。たとえば現在のミステリ界を牛耳《ぎゅうじ》っている感のある大沢オフィスに近づこうとすれば、ゴルフをやらないことには話にならないというのは業界の常識である。最近も某テレビ局のプロデューサーが、大沢オフィス所属の超売れっ子女流作家の作品の映像化権を得ようとしたら、「とりあえずゴルフをしろ」と髭面《ひげづら》の役員に脅され、あわてて練習場に通いだしたという話だ。接待とは、本来こうあるべきものである。だから編集者が私にすべきことは接待スノーボードなのだ。接待したいから、あんたが我々の好みに合わせてくれ、というのは筋違いだろう。

とはいえ頑固なことばっかりいってても始まらないし、スノーボードに代わるスポーツを何か見つけたいと思っているのは事実なので、とりあえずゴルフもその候補の一つとして考えてみることにした。

じつをいうとゴルフをやったことがないわけではない。十数年前にはレッスンに通ったし、何度かコースに出たこともある。スコアも、まあとりあえずの目安である100を切ったことが何度かある。

長続きしなかった理由はいくつかある。バブルが弾《はじ》けて友人たちがやらなくなったこと、そもそもプレイ費が高すぎることなどだが、私にとって最も大きかったのは、ゴルフ場のあのわけのわからん高飛車な態度が気に食わなかったことだ。キャディーにチップをやらなければならないという暗黙のルールも理解できなかった。

「今はそんなことないですよ。プレイ費だって安いものです。ゴルフ場も経営を維持するのに必死ですからね。高飛車なんてことは全然ありません」

多くの人がこのようにいう。たぶんそうなんだろうな、と思う。だったら始めてもいいかな、となりかけたが、ある事実に気づいて、またしてもやる気が萎《な》えた。

その事実とは、ゴルフファッションに関することである。

なんでまたあんなにダサイのであろうか。よりによってそんなんでなくてもいいだろ、といいたくなるほどの野暮ったさだ。

前出のK談社のS君も、仕事の付き合いでどうしてもゴルフをやらざるをえなくなったそうだ。そこでどんな服装でプレイしたのかを訊いてみた。彼は憂鬱《ゆううつ》そうな顔でこう答えた。

「それはまあ……例のああいう格好ですよ。変なポロシャツを着て、下はスラックスってやつですか」

自分で、変、と思うような服を着なければならないスポーツなんて、やって楽しいわけがないのだ。S君も、仕事絡みでなかったら絶対にゴルフなんてやりたくないし、あの変なポロシャツだって捨てたいのだそうだ。着ているところを彼女には決して見せられないともいった。

これは断言できることだが、ゴルフが若者に人気がない最大の理由は、あのゴルフウェアにあると思う。あれが間口を狭めているのだ。

「だけど以前に比べれば、ずいぶんましになりましたよ。タイガー・ウッズなんて格好いいじゃないですか」

こんなふうにいう人も多いが、ウッズはウッズ本人が格好いいのであって、ファッションがいいとはとてもいえない。ほかの服を着たら、たぶんもっと格好よくなるだろう。

ちょっと調べてみたら、日本人ゴルファーのファッションセンスは世界的に見てもひどいんだそうである。たとえば次のような特徴があるらしい。

・ゴルフウェアにキャラクターがプリントされている。
・ブランドロゴをありがたがる。
・金やラメが好き。
・中間色の組み合わせが好き。

ああそうだよなあ、と思うのである。たしかにこんな感じの人が多い。で、こんな服を着た人たちが集まるゴルフ場そのものが、ダサーイ場所というイメージを持たれてしまうのだ。

ゴルフウェアには一応きまりがあるらしい。私が把握しているかぎりでは、次のようなものである。

・上は襟つきの服でなければならない。しかも裾《すそ》をズボンの下に入れなければならない。その上から防寒着を羽織るのは可。
・下は長ズボン。ただしジーンズは駄目。半ズボンの場合はハイソックスを履くこと。

ポロシャツがいやならハイネックのセーターでもいいらしい。しかし残念ながら私は無類の暑がりで、ハイネックの服なんかふだんでも着ない。大体、ハイネックが必要なほど寒い時期にはゲレンデに行く。

こうしたルールがある以上、ゴルファーたちのあのファッションも仕方ないのかなと思う。たぶん中には一生懸命自分なりのおしゃれをしている人もいるのだろう。

それにしてもなんでこんなルールがあるのだ。紳士のスポーツだからか。しかしちっとも紳士に見えないぞ。

もしかしたらこれは作戦なのかもしれないな。間口を狭めていると書いたが、元々それが狙いだと考えることも可能だ。仮に服装が自由になったとしたらどうだろう。勝手な格好をした若者たちがゴルフ場を占拠してしまう可能性だってゼロではない。そうすればオヤジたちが居づらくなるのは目に見えている。

あのファッションは、聖域を若者たちから守るためのバリアなのかもしれない。そう考えれば辻褄《つじつま》が合う。

とはいえ、あの変なポロシャツはやっぱり着たくない。というわけで、ゴルフがポスト・スノーボードになる可能性はかぎりなく低い、という結論に落ち着くのであった。

（二〇〇三年五月）

月山に行ってきました！

というわけでスノーボードのシーズンオフ中の遊びを探しているのだが、果たしていつからがシーズンオフなのか、いやそもそも今はオフなのか、という問題が浮上してきた。前回、ハーフパイプなら屋内でできるところがあると書いたが、この場合のオフとはやはり、屋外で滑れる期間以外と解釈すべきだろう。

この駄文を書いているのは六月半ばである。いくらなんでも国内で滑れるところはあるまい、と思うのがふつうの感覚だが、じつはあるのだ。スキー好きの人なら大抵は知っている月山《がっさん》である。山形県にある標高一九八四メートルの山で、湯殿山《ゆどのさん》、羽黒山《はぐろさん》と合わせて出羽《でわ》三山と呼ばれている。雪があまりに多く、スキー場開きは例年四月の半ばという、全く異次元のエリアだ。

私がその名を最初に耳にしたのは高校生の時だったと思う。スキーとは全然関係がない。

当時の芥川《あくたがわ》賞受賞作のタイトルが『月山』だったのだ。作者は森敦《もりあつし》。その頃はまだ読書に無関心だったが、国語の先生が授業中に紹介していたので、ぼんやりと覚えているのだ。芥川賞は若い作家が受賞することが多いが、この森敦という人はおじいさんなのだ、という意味のことを話していたと思う。国語の成績はさっぱりだったし、授業の内容も殆《ほとん》ど理解できなかったのだが、こんなことだけは何年経っても覚えているのだから面白いものだ。

月山では夏でもスキーができると知ったのは学生時代だったと思う。しかし関心はなかった。ワンシーズンに二、三回滑れば満足という、平凡なスキーヤーだったからだ。

その月山に再び関心を持ったのは昨年である。スノーボードを覚えたはいいが、間もなく各地から雪がなくなってしまい寂しい思いをしていたら、まだ滑れるところがありますよとお馴染《なじ》みT女史が教えてくれたのだ。

しかしその時は行こうとは思わなかった。当時はザウスという強い味方があったし、滑れるといっても泥だらけの汚い雪の上らしい、という情報が入ってきたからだ。どうやら昨年は月山も雪が少なかったようだ。

その点、今年は積雪量が各地とも豊富だった。月山だって同様のはずである。これは行かない手はないと思い、T女史に相談してみた。

「そうですね、私もじつは、ここまで来たからにはあそこも制覇するしかないと思っていたんです」

T女史は目を光らせていった。ここまで来たからには、とはどういう意味であろうか。ここまでスノーボードに付き合わされたからには、ということか。

早速S編集長に相談してみたところ、こっちからも即座にオーケーの返事が戻ってきたとのこと。そのようなわけで、六月の、もう完全に世間が夏モードに入り始めているさなか、我々三人は山形に飛んだのだった。

ところで例によって宅配便で先にボードや靴を送ったのだが、受付のおばちゃんはさすがに目を丸くしていた。この冬から春にかけて、何度も厄介になったからなあ。なんと物好きな、と思ったに違いない。

さて飛行機で庄内《しようない》空港に着いた我々は、S編集長の運転するレンタカーで宿に向かった。宿はゲレンデのすぐそばにあるという話だった。

庄内空港から月山までは車で約一時間である。ただし、高速道路をぶっ飛ばし、ついでに一般道路もすっ飛ばす必要がある。いや、スピードを出したくなくても、そうせざるをえないのだ。なんでまた山形のドライバーはあんなに飛ばすのであろうか。北海道のドライバーと同じで、移動距離が長いとそうなってしまうのか。S編集長、しばしば車を脇に寄せて、後方から来る車を先に行かせるが、それが賢明である。

標高が高くなっていくのを実感する頃、遠くの山々に白いものが張り付いていることにも気づいた。我々は思わず、おお、と声をあげた。

「やっぱりまだ雪があったんだ。嘘じゃなかったんだなあ」

「そうですね。嘘だったらえらいことですけどね。月山はどれかな」

「編集長、前を見て運転してください」

わあわあいっているうちに車は細い山道を上がっていく。志津《しづ》温泉を通りすぎれば、もう残りわずかだ。

月山スキー場という看板のところで曲がり、我々は驚いた。路上駐車の列がずらり。ナンバーを見ると、青森、宮城といった東北だけでなく、習志野《ならしの》、多摩なんていうのもあった。やはり全国からスキーヤーやスノーボーダーが集まってくるらしい。それにしても千葉や東京から車で来るとは、なんというガッツだ。

ロッジに着き、早速着替えることにしたが、どんな服装が適切かということで少し迷った。一応スノーウェアを持参してきてはいたが、気候はどう考えても夏のものである。ロッジから道行く人たちを見てみると、Tシャツ派が圧倒的に多い。とはいえそういう人たちは大抵スキーヤーで、転倒の危険が多いボーダーたちはTシャツでも長袖《ながそで》にしているようだ。

S編集長は長袖シャツで滑るといいだした。T女史はトレーナー派だ。彼女はスノーウェア自体、持ってきていなかった。

さんざん悩んだ末、私は半袖Tシャツで挑むことにした。そもそも長袖なんぞ持っていない。しかしウェアなしでは不安なので、くるくると腰に巻くことにした。ニット帽はさすがに暑いので、GAPのキャップをかぶる。見るとT女史も同じものをかぶっており、何だか年輩(この表現にT女史は激昂《げっこう》するであろう)のカップルがお揃いできめているみたいでちょっとばつが悪い。

S編集長は冬のニット帽をかぶり、

「わあー、あついなあ、失敗しちゃったなあ。帽子のことは全然考えなかったよ」

なんてことをいっている。彼が考えなかったのは帽子のことだけではない。入浴時に判明したことだが、ロッジだと聞かされていたにもかかわらず、タオルや洗面具を一切持ってきていなかったのだ。作家との旅行といえば大名旅行、と決めつけていたのであろう。S編集長よ、それではいかんぞ。

さて準備が整ったら、いよいよ出発だ。ロッジからゲレンデまでは徒歩五分と聞いていた。たしかに宿を出て間もなく、前方に雪が現れた。さくさくと踏む感触がうれしい。四月後半の春スキーなんかより、ずっと雪質がいいことに驚かされる。

しかし気分がよかったのは最初だけで、すぐに全員無口になった。雪の斜面を登れども登れどもリフト乗り場がないのだ。ゲレンデまでは徒歩五分、しかしリフト乗り場までは二十分、と最初にいってほしかった。

ようやく乗り場に着いた頃には三人とも青息吐息である。ジュースを飲んで、ひとまず休憩。半袖Tシャツはすでに汗でびっしょりだ。

後でわかったことだが、このあたりは天然保護区域となっており、たぶんそれでリフトやロープウェーをやたらに作れないのだろう。ちょっと辛《つら》いが、致し方ないかなという気もする。この時期に滑れるだけ幸せなことなのだ。

さてひと休みした我々は、いよいよリフトに乗り込むことにした。すでに乗り場周辺に雪はなく、スキーヤーもスノーボーダーも板を抱えて乗り込まねばならない。リフトの椅子には、板を置くための小さな台が取り付けられている。そんなふうに乗ったのは初めてなので、何だか板を落としそうで不安だった。何度か乗るうちにその不安も消えるのだが、それが単に油断にすぎなかったと気づくのは翌日のことである。

リフトの上から眺めるゲレンデは真っ白だった。岩肌が剝《む》き出しになっているところがかなりあるんじゃないかと心配していたのだが、見渡したところ、そういうこともなさそうだ。これが六月の光景かと目を疑ってしまう。

だが喜べることばかりではなかった。ゲレンデの大半を占める大斜面は、すべてコブで覆い尽くされているのだ。コブといえばスノーボーダーたちの天敵。なるほどそれで客の大半がスキーヤーなのかと納得した。

リフトを降りたところにも雪はなく、山小屋の周りはスキー場というより夏のキャンプ場といった趣である。事実、バーベキューを始めているグループがいたのには驚いた。湯を沸かしてカップラーメンを啜《すす》っている者もいる。

そこから雪のあるところまでは、またしても板を抱えて登ることになる。四十半ばの身にはかなり辛いコースだが、周りを見ると、もっと年輩のスキーヤーも少なくない。皆さん、がんばりますなあ。

ようやく辿《たど》り着いた先は斜面の中腹である。もっと上を目指したい者は、さらに登ってTバーリフトなるものに乗ることになる。このTバーリフトというやつがくせもので、T字形の金具を股《また》の間に挟み、ロープで引っ張ってもらいながら滑り上がるという仕組みになっている。スキーヤーはそれでいいかもしれないが、横乗りのスノーボードの場合はどうしたらいいのだろうと見上げていたが、乗るのはスキーヤーばかりである。しばらく待っていたら、ようやく一人だけ果敢にチャレンジするボーダーが現れた。悪戦苦闘しながらその彼は乗っていたが、Tバーを股に挟めないので、殆ど腕力だけで身体を支えている

変な光景である。草原と雪山。それらを黙々と登る。
ここに来ているのは一種の中毒者ばかりである。

格好である。

「ヒガシノさんにもあれに挑戦してもらえるといいんですけどねえ」

T女史がにやにや笑いながらいうが、どう見てもきつそうだし、それ以前に乗り場まで登っていくのが大変そうだ。今回は御免蒙《こうむ》ることにした。大体、それで上がれる距離だって大したことないのだ。

というわけで我々はスノーボーダーたちが主に滑っているコースを行くことにしたのだが、そこだって楽ではなかった。斜度は大したことないのだが、整地がなされていないので、いたるところぼこぼこである。おまけに距離が結構ある。一本滑ったところですでに太股はぱんぱん、息はぜいぜいといった有様だ。

二本滑ってはたっぷり休憩をとる、といった軟弱なことを何度か繰り返した後、せっかくだからあのコブコブの大斜面に挑もうではないかという話になった。コブ斜面制覇はスノーボードを始めて以来の私の課題である。これまでの練習の成果を発揮しようと意気込んだ。

しかし月山のコブは半端ではなかった。行けども滑れどもコブである。コブ・アンド・コブ。前後左右、四方八方、縦横無尽のコブに、私の下半身はガタガタになってしまい、滑ってるんだか転んでるんだかわからない状態でのゴールインとなった。練習の成果はちっとも出せなかった、という悲しい現実だけが目の前にあった。

このコブチャレンジが我々の最後の体力を奪ってしまい、この日はお開きとした。

翌日の我々は学習効果を発揮した。まず雪道を登る際、なるべく体力を使わないようゆっくりと歩いた。そしてリフト券である。一日券ではなく、回数券を買った。我々の体力を考えた場合それで十分だということが前日の経験でわかっていた。

だが回数券にしたことが変なところで裏目に出た。リフトに乗っている時、回数券をポケットにしまおうと板から手を離した瞬間、板がひらひらと落ちていってしまったのだ。

リフトから手袋やゴーグルを落としたという人は多いだろう。しかし板を落とした人間というのはそういないのではないか。

　幸い下に人はいなかった。ついでに雪もなく、草ぼうぼうの状態だった。落ちた板は地面に当たってばあんと派手な音をたて、草むらの上にべたんと着地した。それを見た時の私の感想は、

（ふうん、板って頑丈なんだなあ）

というものだった。しかし次の瞬間あわてた。見事に着地した板が、今度はするすると滑り始めたのだ。

（へえ、草の上でも滑るんだ）

なんて、呑気《のんき》なことを考えている場合ではない。さすがにあわてた。

板は何かに当たってとりあえず止まってくれたが、問題はどうやって回収するかである。

リフトの係員と相談した結果、S編集長に取ってきてもらうことになった。

板を待つ間、ピクニック場と化している山小屋周辺を散策した。月山神社という立て看板があるのを見つけ、ここがそういう神聖な場所であることを初めて知った。帰京してから京極夏彦《きょうごくなつひこ》に、月山に行ってきたというと、

「ほほお、あの霊山に。お参りですか」

といわれたのだが、民俗学に詳しい人間にとっては、スキー場よりもそっちの方面で有

名らしい。

さてS編集長のがんばりで無事に板を取り戻した私は、休んでいた分を挽回《ばんかい》するために滑りまくった。不思議なもので、慣れてくるとハードな斜面でも疲れなくなってくるのだ。しかしS編集長はさすがにばてたのか、休憩頻度が高くなっていく。それでも彼がリフトで乗り合わせた女の子と楽しそうに談笑していたことを私とT女史は知っている。隅に置けんやっちゃなー。

そんなこんなで季節はずれのスノーボードを満喫した我々は、宿に戻るとテラスでビールを飲み始めた。テラスにはテーブルが置かれ、パラソルまで立ててあるのだ。Tシャツ姿でビールを飲み、太陽の日差しを浴びながら白いゲレンデを眺める——こんな夢のような楽しみがあったのだ、来年も来たいなあ、と思った。

「私はもう十分です。もう来ないと思います」

とはS編集長の弁。そんなこというなよー。

（二〇〇三年六月）

カーリングは楽しいけど油断大敵！

今回は変なタイトルである。その理由は、この拙文を読み進めていただければわかる。

さて、相変わらずスノーボードのシーズンオフでの遊びを模索しているヒガシノ、そしてT女史とS編集長である。話し合いの結果、今回は盲点をついてカーリングにチャレンジしようということになった。盲点をついて、というのは、ウインタースポーツのオフ期間に別のウインタースポーツに挑戦する意外性のことをいっている。

うまい具合に神宮のスケートリンクでカーリング教室が開かれるという情報が飛び込んできたので、それに参加することにした。

知っている人は多いと思うが、カーリングというのは氷の上で行う対戦形式のスポーツである。ハンドルのついた平らな円形の石を、二チームが交互に投げ、標的に入れて得点を競うのだ。現在最も盛んな国はカナダだが、オリンピックの正式種目になったこともあり、アメリカやヨーロッパでも人気スポーツになってきているらしい。十年ほど前にカナダの友人宅に遊びに行った時、奥さんが、「カーリングがオリンピックの種目になるらしいから、こっちで習っておこうと思ってるの。日本人でやってる人はすごい少ないから」なんてことをいっていた。笑い話と思っていたが、本当に実行していたら今頃彼女は選手になっていたかもしれない。

このスポーツは運動能力だけでなく知的戦略も要求されるので、「氷上のチェス」なんていうふうに呼ばれることもある。ルールを知っておくと絶対に面白い。冬季オリンピックを見る楽しみが倍増すること間違いなしである。

とはいえ、細かいルールについてここで説明しても仕方がない。まだ我々はゲームなどできるレベルにない、というか、全くのど素人だからだ。事実、今回T女史に探りを入れてもらったところ、「初心者ですぐにゲームに参加することは不可能。最低でも二、三回はレッスンに通ってもらわないと」という答えが、教室の主催者側から返ってきた。うーむ、どうやら見た目以上に難しいらしい。

じつはカーリングに挑むのは初めてではない。以前別の雑誌で、冬季五輪種目に挑戦、といった感じの企画があって、のこのこ出かけていったことがある。その時にやらされたスポーツがカーリングだったのだ。といっても単に写真におさまればいいだけだったので、本格的に教わったわけではなかった。たしか長野五輪の前だったから、今から約六年前というこ とになるか。その乏しい体験では、「大して難しくない」という印象を持っていた。だからT女史やS編集長にも、「スノーボードに比べりゃ、全然ちょろいっすよ」なんていっていたのである。

七月の某日、しかも早朝に、我々は神宮のスケート場まで出向いた。着いたのは午前七時過ぎである。まだ開いてないんじゃないかと思ったが、駐車場には車が、しかも高級外車が並んでいた。中に入ってみると、すでに貸し切りで練習している団体があった。フィギュアスケートの団体で、小さな女の子たちがじつに華麗に、そして勇ましく滑っている。リンクのそばでは彼女たちの母親が、期待のこもった目で見つめている。なるほど高級外車の持ち主たちはこの人たちかと納得した。

教官の中に、あの佐野稔《さのみのる》がいるのを見つけ、さらにびっくりした。いわずと知れた、男子フィギュア界を国際レベルにまで引き上げた立て役者だ。そういえば、かつて私の妻だった女性も学生時代フィギュアスケートの選手で、佐野稔に教わったことがあったらしい。その時の写真を見せてもらったこともある。あれから二十数年経ったのだなあ。さすがに氷上の貴公子の面影はかなり薄れている。

と、ヘンな感傷にふけっている間にカーリング教室が始まった。まずはスポーツ傷害保険に加入する。氷の上は危ないからね。この手続きが後で重大な意味を持つことになるとは、この時点では夢にも思わなかった。

この日の初心者は我々を入れて十名ほど。眼鏡をかけている人が多いのは偶然か。氷上のチェスというぐらいだから、秀才タイプの人が挑みたくなるスポーツなのかもしれない。後で聞いたところでは、実際に東大出の人なんかが結構やってくるらしい。ところが頭を使う前にまず身体を使わねばならないので、その時点で壁にぶつかる人が圧倒的に多いそうだ。

ストレッチを入念に行った後、いよいよ氷上に出る。その前に二つの物品を渡された。ひとつはブルームと呼ばれるブラシである。カーリングと聞けば、氷の表面をごしごし擦《こす》る姿を思い浮かべる人も多いはずだ。もう一つは靴の裏に取り付けるスリッパみたいなもの。これを付けると靴の裏がつるつる滑るようになるのだ。ただし軸足だけに付け、利き足には付けない。だから氷上を移動する時には、利き足を後ろに蹴《け》り出し、軸足に乗ってつるーっと滑っていく感じになる。こう書くと簡単みたいだが、やってみるとじつに難しい。スケートのほうが簡単だと思った。とにかく氷上で立っているだけで不安定なのだ。

「あのー、ヒガシノさん。あたしはリンク外からの撮影に専念したいと思います」

危険を察知したらしくT女史がおずおずと申し出てきた。この期《ご》に及んで敵前逃亡か、と責めるのは、この状況ではちょっと酷《こく》か。滑って転んだら、間違いなくカメラはぶっ壊れるだろう。まあいいでしょう、ということになった。

さて石を投げる練習だが、その前にマスターすべきことがある。それは自分の身体を前方に滑走させる感覚だ。具体的には、陸上のヨーイドンのような姿勢から、利き足で後方の壁を蹴り、その体勢を維持したまま前方に滑るのである。両手を氷についたままでは滑りにくいので、ブルームを横にして置き、柄の上に両手をついた姿勢をとる。

これまた簡単そうだが、なかなか難しいのである。これまでにも「滑る」というスポーツはいろいろ体験してきたが、スキーにしてもスノーボードにしても、滑っている間は立っている。四つん這《ば》いになるのは転んだ後だ。しかし今回は最初から四つん這いになって滑るのだ。まるで未知の感覚で、それだけで戸惑ってしまった。

この四つん這い滑走で意外な才能を発揮したのがS編集長で、皆が苦戦する中、一人だけすいすいと滑っている。先生からも、「フォームが完璧《かんぺき》です」なんていわれている。人間、いろいろとチャレンジしてみれば、自分に向いているものが見つかるものなのだなあと再確認した。

四つん這い滑走をみっちり練習したところで、今度はいよいよ石を投げる練習である。まずは座った状態で、石に軽く回転を加えながらリリースする。回転を加えたほうが石の方向を安定させやすく、氷の表面状態による影響を受けにくいのだそうだ。カーリングという競技名は、石をカールさせる、つまり軽く回転させるということからきている。

いい感じで回転させる感覚を摑《つか》んだら、次は本格的に投げる練習だ。ブルームを小脇に挟み、石のハンドルを摑んだら、バランスとリズムに気をつけながら、強く踏み切り板を蹴る。まずは先程みっちりと練習した四つん這い滑走の要領だ。しかし大きく違うのはここからである。全身で滑走を始めたら、程なく石だけを前方に送りだすのだ。石を離した途端に、四つん這いが一つ減って、いわば三つん這いになる。殆どの人が大きくバランスを崩し、時には転んでしまう。

「石に体重を乗せなきゃいけないんですけど、身体のバランスを石にたよっちゃいけないんですよ。そのへんが難しいところですねー」

コーチの言葉からも、このあたりが第一の壁なのだなと窺《うかが》える。

先程までは優等生だったS編集長も、石を投げた途端に氷上で腹這いになる体《てい》たらくである。ほかの人たちを見ても、投げ終わった後、姿勢を崩さずにいられる人は少ない。私も挑んでみたが、やはり石を離した途端にバランスを崩してしまった。うーむ、難しいものである。「ちょろい」なんてことは全然ない。

それでも何度かやるうちに、どの程度決まっているかは不明だが、投げた後もバランス

実に見事なフォームだとほめられたのだがなあ……この後、悪夢が訪れる。

を崩さず、フォロースルーの格好で、すーっと滑っていくという例のカーリング特有のスタイルを作れるようになった。ここまでくるとかなり面白い。

「カーリングもなかなかいいじゃない。ねえ」

「そうですねえ。この妙な感覚が結構やみつきになりますねえ」

S編集長も同感のようである。

まだゲームをしていないのにこんなにはしゃいでいるのだから、本格的にゲームをするようになったらかなりはまるんじゃないかとさえ思った。

石の投げ方を一応マスターしたところで、今度はブルーミングの練習である。ブルーミングというのは、石の進行方向にある氷面をごしごし擦る例の動作のことで、これによって石の速度やコースをコントロールすることができるのだ。

ブルームを構え、一列に並んでごしごし擦る。難しい、ということは特にない。デッキをブラシで掃除するようなものである。ちょっとコミカルな光景だよな、と自分に突っ込みを入れたりする。

ああしかし、この油断がいかんのである。スポーツには禁物なのである。ふと気を抜いた瞬間、足元がつるんと滑った。あっと思った時には、すでに氷の表面が眼前にあった。あー、まずいなあ、と思った。このままじゃ怪我しちゃうよ。みんなに迷惑をかけちゃうなあ。ここで怪我したら血が出るよな。まずいなあ。

不思議な話だが、ああいう時にはすべてがスローモーションになるのだ。これから大怪我をする自分のことを、やけに客観的に観察しているのである。

ごつん。ごり。

嫌な音がしたと思った次の瞬間には氷の上で倒れていた。

それからのことは、あまり詳しく語っても盛り上がらないと思うのだが、何しろカーリング教室はこの時点でおしまいになってしまったので、その後の顛末《てんまつ》を書くことにする。

結論から書くと、私は救急車に乗せられ、慶應義塾大学病院に運び込まれた。救急車に乗ったのは初めてだったので、少しうれしかった。こんな機会はそうそうないと思い、薄目を開けて車内の様子をチェックした。

頭を怪我していたので、病院では脳に損傷がないかどうかがまずは徹底的にチェックされた。それが終わったら今度はレントゲンだ。

「首の骨には問題はないようです」

先生からレントゲンの結果を聞き、一安心した。

「ただ、額の怪我はかなり深いので、これからすぐに縫合してもらいます。鼻も切っているので、そっちも縫うことになるかもしれません。その後は口腔《こうくう》外科で前歯の治療をしてもらいます。前歯が折れてますのでね。その後は耳鼻科で鼻を診《み》てもらいます。鼻の骨が折れてますから」

なんじゃそりゃー、というくらい怪我のオンパレードである。しかし脳の損傷の心配がなくなったせいか、医師や看護師さんたちは、わりと呑気《のんき》だ。

「ヒガシノさんって、作家さんなんですか」救急医療担当の先生が訊《き》いてきた。

「はあ、そうですけど」

「カーリングをしている最中に怪我をしたって聞いたんですけど、どうして作家さんがカーリングを？」

「それはまあ、話すと長くなるんですけど、一言でいうと取材です」

「へえ、いろいろなことを取材しなきゃいけないんですねえ」

「はあ……」

「ほかにはどんなことを？」

「スノーボードかなあ」

「スノーボード？　へええ、いろんなことをやらされて、作家さんも大変ですねえ」

いやそれはやりたくてやってるわけで、と説明するのも面倒臭く、ええまあと答えておいた。

額の縫合と顔の手当てを終え、歯の治療を待っていると、カーリング教室の先生たちが見舞いにきてくださった。指導方法に問題があったと謝ってくださるので恐縮してしまった。

「いやあ、僕が調子に乗って、勝手に転んだんです。気にしないでください」

前歯が折れているのでしゃべりにくかったが、カーリング教室のせいにする気などは毛頭ないことを必死で主張した。

これは明言しておかねばならないことだが、カーリング自体は危険なスポーツではない。

知的でスリリングで、楽しいスポーツだ。危険なのは氷上だということを忘れて油断することである。そして油断しても危険でないスポーツなんてものはない。

救急車で運ばれてから約四時間後、私はS編集長に付き添われて病院を後にした。額と鼻にはでかい絆創膏《ばんそうこう》が貼られ、前歯は接着剤で固定されていた。

エッセイでは怪我に触れないわけにはいかない、しかしカーリングのイメージダウンになってはいけない、そのためには怪我が回復したらもう一度カーリングにチャレンジするのが一番いいのではないか――タクシーの中ではそんなことを考えていた。

でもT女史とS編集長は反対するかもしれないな。

（二〇〇三年七月）

地味なことから始めよう

というわけで、前回は思いもよらぬ大怪我で幕を閉じたカーリング談となった。あれから一か月経ち、どうにか顔の傷も目立たなくなってきた。前歯もとりあえずはくっついている。鼻の骨がどうなっているのかは謎のままだが、とりあえず完全復帰といっていいのではないか。

とはいえ、無茶は禁物である。口腔外科の先生からも、今度やったら前歯は元に戻りませんよと釘《くぎ》を刺されてしまった。この期に及んで、ハーフパイプに挑戦、というのはやっぱりないだろうな。しかしT女史からは、

「えーと、元気になられたようですが、今度は何にチャレンジしていただけるでしょうか」

と非情ともいえる催促の電話がかかってきた。休載というアイデアはないらしい。

さすがに今月はチャレンジはなし。しかし全く運動していないというわけでもない。怪我をした一週間後から、いつものように身体を動かし始めた。要するにスポーツジムに通いだしたのだ。

近所のジムに入会したのは一九九九年だ。あれから四年が経つのか。ふーむ、なかなか長続きしているではないか。まあ、といってもそんなに真面目に通っているわけではない。平均すれば週に二日のペースだろう。スノーボードを始めてからは、冬場は週に一日になってしまった。ボードは疲れるからねえ。

ジムに入った理由は、痩《や》せるため、だった。当時は体重が八十キロになろうとしていた。体脂肪率も二十五パーセントを上回っていた。自分ではまだまだ大丈夫と思っていたのだが、中年太りは確実に、そして密《ひそ》かに足元まで忍び寄っていたのである。それも自分で気づいたのではなく、母親に指摘されて目が覚めたのだ。

「あんた、しばらく見んうちに太ったなあ。腕なんかぽちゃぽちゃしてて、まるで白ブタみたいやで」

ここまで遠慮容赦なくいえるのは母親だけだろう。それだけに冗談や誇張とは受け取らなかった。本当に自分は白ブタに近づいているのだと危機感を持った。

それだけではない。広末涼子さん主演で、映画『秘密』が作られていた時期である。私も宣伝のために一肌脱ごうと様々な雑誌のインタビューに応じたりしていた。当然写真撮影もある。するとそれらを見た友人たちからも、「そういやおまえ、ちょっと太ったよな」といわれるようになったのだ。こりゃいかん、デブ化していることをごまかしきれなくなってきたぞ、と焦った。

そこでジム通いである。インストラクターに相談し、早速シェイプアップ用メニューを作成してもらったのだが、その際に行った体力測定でも、私を愕然《がくぜん》とさせる事実が明らかになった。めちゃくちゃに体力が落ちていたのだ。特に心肺能力の低下には目を覆いたくなるものがあった。

小学生の時に水泳学校に入って以来、ずっと何らかのスポーツを続けてきた。中学、高校、大学と運動部に籍を置き、会社に入ってからも仲間たちとスポーツサークルなるものを作ってバドミントンや卓球などを楽しんでいた。だが作家になって上京して十数年、ゴルフをちょっとかじった以外は、スポーツと名のつくものをきちんとやったことは殆《ほとん》どない。自己流でウエイトトレーニングらしきものは続けていたが、心肺能力を高める運動は皆無といっていい。

「そういう人はかえってヤバいです」とインストラクターはいった。「頭では、まだ身体が動くと勘違いしているわけです。ところが実際には動かない。そのギャップが重大な事故に繋《つな》がったりします。運動会で、かつてスポーツマンだったお父さんが転んでしまうのは、そのせいです」

それだけではない、とインストラクターは続けた。

「筋肉が落ちている分、当然代謝機能も低下しています。ところが本人はそれに気づかずに筋肉があった時と同じように食べますから、燃焼しない分、脂肪がどんどんついていきます。体型は若い時と似たような感じなのに、筋肉が脂肪に変わってしまった、というのがこのケースです。これを放置しておくと肥満になります」

なんと、私のケースはまさにこれである。冷や汗が全身から噴き出した。

というわけでジム通いが始まったわけだが、はっきりいってかなり苦痛である。何が苦しいかというと、とにかく単調でつまんないのだ。特に、エアロバイク、ウォーキングマシン等の有酸素運動系は時間がかかる分、飽きがくる。しんどいうえに退屈となれば、げんなりするのも当然である。

しかも目に見えて効果があるならともかく、一週間や二週間続けたって、ちっとも体重が落ちないのだ。むしろちょっと増えたぐらいである。おかしいじゃないかとインストラクターに抗議してみた。

「テレビの企画コーナーじゃあるまいし、そんなに急激に効果は出ませんよ。逆に、急激に落としたって、またすぐに戻るだけです。今のメニューを続けてください。必ず体重が落ちてきます」

やけに自信たっぷりなのだ。じゃあどれぐらい続ければいいのかと訊《き》いてみた。

「まず一か月は何も変わりません。おっしゃるように体重は少し増えます。それは筋肉がつくからです。その筋肉によって脂肪を燃やします。目に見えて効果が現れるのは、早くて三か月後です」

ささささ、三か月ぅー。そんなに長い間、この単調運動を続けなきゃならんのか。

するとインストラクターは冷徹な顔でこういった。

「効果の出始めるのが三か月後です。あなたの目標である体重十キロ減を達成するには、おそらく一年はかかるでしょう。その後も体重を維持するには、運動を続けねばなりません。これで終わりということはないのです」

なんじゃそりゃ。一度この道に足を踏み入れたら、もう二度と引き返せないというのか。引き返す時にはデブになれということか。

「まあそういうことですが、要は運動量を確保すればいいのですから、ほかのスポーツに熱中されるなら、それで結構だと思いますよ」とはインストラクターの弁。

そんなことといっても、ほかにスポーツをする当てがないからここへ来ているわけじゃないか。

「じゃあエアロビはどうですか。あれなら楽しいですよ」インストラクターはにっこりする。

エアロビか。この俺が。たしかにエアロビをしている中年男性もいる。楽しそうだ。エアロビに挑めば、間違いなくエッセイのネタの一つや二つは拾えるだろう。しかし、だ。退屈なのと恥ずかしいのとどっちを選ぶかと問われれば——。

仕方がない、とりあえず三か月だけがんばってみるかとトレーニングマシンに向かったのだった。

で、続けていると、本当に三か月目から体重が落ち始めたのでびっくりした。人間の身体がこれほど単純というか、計算通りに操作できるものだとは思っていなかった。

効果がわかるとモチベーションも高まるわけで、多少はジム通いも嫌ではなくなってくる。逆に、せっかく効果が出始めたのに、ここでやめたら今までの苦労が水の泡になると思い、がんばれるようになった。

よく知り合いから、ジム通いを継続する秘訣《ひけつ》は何かと訊かれる。それだけみんな挫折《ざせつ》しているということだろう。秘訣といえるかどうかはわからんが、私の場合はジムに対する認識が正解だったのではないかと考えている。

私はジムをスポーツをする場所だとは思っていない。私はあそこを一種の病院だと思っている。肥満化という病気を治療するため、もしくは生活習慣病の予防のため、通うことになったというわけだ。

どんなに嫌でも、歯の悪い人は歯医者に通う。きっちり通う。それと同じである。ジムの関係者がこれを読んでいたら気を悪くするだろうな。いくらなんでも歯医者と比べるなといいたいかもしれない。そりゃまあ歯医者よりは幾分楽しい。しかしそれは、若い女性のレオタード姿が見られるとか、水着姿が見られるとかいったものではない。四年間通っているが、そういった目の保養に恵まれたことは一度もない。特に私が行く昼間の時間帯だと、来ているのは大抵おばちゃんである。おばあちゃんもいる。目の保養を期待するだけ無駄である。

では何が楽しいかというと、これは私の場合にかぎられるかもしれないが、通ってきている人たちの様子を観察するのが面白いのだ。いやあまあ、本当にいろんな人がいるものだと思う。

前述したように私は主にマシントレーニングを行っている。私の目的はシェイプアップだが、男性の中にはマッチョになりたいと思ってやってくる人も多い。そういう人たちはダンベルやバーベルを使った無酸素運動を徹底的にやる。それはそれでいいのだが、面白いのは、彼等が例外なく自分の身体に見とれていることである。うまい具合にというか、ジム側もそれを見越してか、そうした場所は鏡張りになっている。あちこちでプチ・ボディビルダーが格好をつけている図は、私の想像力を刺激する。

（ふっふっふ、かなり上腕二頭筋が太くなってきたな）

（どうだい、この胸筋。女がこれを見たらイチコロだぜ）

（おっ、あの野郎、腹筋が結構いい感じで割れてるじゃねえか。俺とどっちがすごいかな）

（あいつ、何キロのダンベルを使ってるんだ？　十二キロか？　だとしたら、俺は十三キロを使ってやる）

実際にこんなことを考えてるかどうかはわからないが、少なくとも私にはそんなふうに見えるのである。

一方、どう見ても運動慣れしてなさそうなのに、異様にがんばっている人が時々いる。そういう人は大抵入会したてである。無駄肉を落とそうと思ったのか、夏に備えてマッチョに変身しようと思ったのかは不明だが、とにかく何らかの強烈な動機は持っているのだろう。その目的を一刻も早く達成したくて、初日から全力でがんばっているというわけである。

前に一度、腹筋マシンばかりを何度も何度もやっている若者がいた。彼の頭の中はおそらく次のようなものだっただろう。

(腹筋だ、腹筋。腹を引っ込めるためには腹筋を鍛えないといけないからな。腹筋が締まってると格好いいしな。腹筋を早く鍛えよう。徹底的に鍛えよう。割れた腹筋を作るんだ。腹筋こそ命、腹筋こそすべて、腹筋こそ人生っ)

これは断言できることだが、この手の人はまず長続きしない。翌日以降に襲ってくる筋肉痛と疲労のダブルパンチで、次にジムへ行く気が失《う》せてしまうからだ。この時の若者は、おそらく翌日は笑うのさえ苦痛だったに違いない。

テンションを上げすぎると、その反動も大きいのだ。結局、なんだかんだと自分自身に理由をつけてはサボることになり、そのまま退会してしまうというのが一般的パターンである。この腹筋青年の姿も、その後一度も見ていない。

がんばりすぎないこと——これもジム通いを継続させるための鉄則かもしれない。

その他、ジムにはいろいろな人がやってくる。顔のむくみだけでも取ろうとサウナに入りに来るホステス、身体の締まっていることが自慢だが明らかに二日酔いのホスト、夏なのに長袖シャツでがんばっている強面《こわもて》のおっちゃん、どう見ても友達とおしゃべりをするのだけが目的と思われるおばちゃん等々、面白キャラクターには事欠かない。

さて気になるのは、彼等の目には私はどう映っているのか、ということである。

平日の昼間にやってきて、CDウォークマンを聞きながら黙々とマシントレーニングをこなす中年男。いつも汗びっしょりで、使ったマシンも汗みどろ。やけに他人のことをじろじろ見て、何やらぶつぶつ呟《つぶや》いている——。

やばいな、相当……。


（二〇〇三年八月）

タイガースの優勝について思うこと

一九八五年の、たぶん七月二日だったと思う。私は講談社の応接室で記者会見に臨んでいた。その前日に江戸川乱歩賞の発表があり、拙作『放課後』が受賞したからだった。

型通りの質問がいくつか続いた後、記者の一人が私に尋ねてきた。

「ところでヒガシノさんは野球がお好きなのですか」

この質問の根拠は、前年に候補となった『魔球』が野球を扱った小説だからだろう。好きですと答えると、その記者は待ってましたとばかりに贔屓《ひいき》球団はどこかといった。どうやら私の出身地が大阪であることに目をつけたようだ。私は相手の期待に応《こた》え、阪神です、ときっぱりいいきった。すると周りにいた他の記者や講談社の人間たちからも笑いが起こった。

御存じの通り、この年、阪神は優勝している。ただし、この時点ではもちろんペナントレース真っ最中である。しかし例年になく好成績で走っている阪神タイガースには、全国の野球ファンが注目していた。質問した記者も、江戸川乱歩賞のことはひとまず脇においといて、阪神ファンがどんな思いで毎日を送っているのかに興味がわいたようだ。

「今年はどうでしょうね」記者は、にやにやしたままさらに訊《き》いてきた。

絶対に優勝します、とでもいえば、彼の思惑通りだったのだろう。新受賞者の紹介記事で、阪神の一時的な快進撃に浮かれているファンの一人、という切り口を見せたかったのかもしれない。しかし私はそういえなかった。考えた末にこう答えた。

「自分にとって生涯最高の奇跡が起きたので、今年はもう起きないでしょう。それは欲張りすぎです」

記者は当てが外れたように半笑いで頷《うなず》いていた。阪神ファンが冷静ではつまらない、とでもいいたそうだった。

無論、ずっと冷静だったわけではなく、優勝が目の前に近づいてくると人並みに興奮した。優勝が決まった時には頭の中が真っ白になった。

しかし、ちょっと成績がいい程度のことでは舞い上がったりしない。九回裏ツーアウトまで勝っていても、逆転されるんじゃないかとびくびくしているし、連勝街道をばく進していても、一つ負けたらとんでもない連敗が始まるんじゃないかと恐れている。ほかのことはともかくタイガースについてだけは、なかなかプラス思考ができないのだ。そしてそれは、長く阪神ファンをしている人間に、ある程度共通していることではないか。

なぜならそれは阪神が、ファンをがっかりさせることにかけては他を寄せ付けないほど情けない球団だったからである。

阪神ファンになったのはたぶん小学校五年生ぐらいの時だ。江夏《えなつ》が出てきて、田淵《たぶち》と二人で黄金のバッテリーと呼ばれた。しかし特に彼等を好きだったわけではなく、でかい面をして威張っている東京を、つまり巨人を大阪代表に倒してもらいたいという、いわばアンチ巨人の思いから阪神を応援するようになったのだと思う。

もっとも、巨人を倒してもらいたいとは思ったが、阪神の優勝を考えたことは一度もなかった。

その頃、巨人はV9時代の真っ直中だった。毎年毎年、勝つのは巨人ばかり。日本シリーズでも胴上げされるのはいつも川上哲治《かわかみてつはる》だ。野球に関心を持ち始めた時からそうした光景を見続けているうちに、私の中には一つの固定観念が無意識のうちに出来上がっていた。

「優勝するのは巨人。それはもう決まっている。だから勝ち星なんか計算したって仕方がない。目の前にある試合を楽しめればいいんだ」

当時、日本の首相は佐藤栄作《さとうえいさく》だった。物心ついた時からずっとそうだった。私は、首相というのは替わらないものだと思っていた。だから田中角栄《たなかかくえい》が佐藤栄作に替わって首相になった時にはびっくりした。しかしこうも思った。

「首相が替わることはあっても、セ・リーグの優勝チームが替わることはないだろう」

それだけに中日が巨人のV9時代を終焉《しゅうえん》させた時には驚いた。ありえないことが起きたと思った。その後も信じられないことは続く。巨人が最下位になったり、万年Bクラスの広島やヤクルトが優勝するのだ。

こうなるとさすがに私の意識にも変化が現れた。広島やヤクルトに出来るのだから我が阪神にも奇跡が、と夢見てしまうのが当然だ。

ところがそんな夢が萎《しぼ》んでしまうのにさほど長い時間は必要としなかった。阪神は勝てなかった。一時的に好成績を上げても長続きせず、すぐにどん底に沈んでしまう。話題になるのはストーブリーグとお家騒動ばかり。

私が会社員になって間もなくのことだから、たぶん八二、三年だと思うが、ラジオで『ありがとう浜村淳《はまむらじゅん》です』という番組があった。当時はよくそれを聞きながら車を運転したものだ。その番組内に聴取者から川柳《せんりゅう》を募るコーナーがあった。『涙』がテーマの時だったと思うが、こんな川柳が紹介されていた。

トラ優勝　したらわしでも泣くやろな

聞きながら、思わず唸《うな》っていた。阪神ファンの心情が見事に語られていたからだ。この川柳には、阪神の優勝を願いつつ、もはや実現しない夢と諦《あきら》めている気持ちが込められている。そうだよな、と運転しながら呟《つぶや》いたものだ。

あんな弱い球団をよく長年応援していますね、といわれたことがある。この場合の「弱い」とは、優勝の見込みがない、という意味だろう。贔屓球団が優勝争いをするのを見てエキサイトするのがファンの最大の楽しみのはずだ、という前提からこうした疑問がわくのだと思う。しかしその頃の私は、阪神を応援している時、優勝争いなんていう言葉は頭にはなかった。今、戦っている試合がすべてだった。その試合で勝てば、順位がどうであろうと、「よくやったぞ」と思えた。幸福になれた。

それだけに八五年の優勝は、まさに夢の中の出来事だった。バース、掛布《かけふ》、岡田、真弓《まゆみ》らの打棒は、とても現実とは思えないほどすごかった。

阪神でも優勝することがあるんだ——それが一番素直な感想だった。これだけはありえないと思っていたことが起きたのだ。

だがこの優勝により、私の中に一つの変化が起きた。これまでの大前提だった、優勝を意識せずに応援する、ということが難しくなってしまったのだ。

元から何もないより、手に入れたものを失うことのほうが辛《つら》いのは世の常だ。優勝という甘い汁を吸った後で飲まされる万年最下位の水の味は、あまりにも苦かった。

その頃は私にとっても試練の時期だった。本は売れず、文学賞の候補になっても落選ばかりだった。

ある時私はふと思いついて、ライバルを三組設定した。彼等が目標を達成するのと自分が賞を取るのとどっちが先か、勝手に競うことにしたのだ。それは以下の三組である。

・清原和博《きよはらかずひろ》（目標　タイトルを獲《と》る）
・グレッグ・ノーマン（目標　マスターズ優勝）
・阪神タイガース（目標　優勝）

清原和博は八五年のドラフトで西武入りし、翌年新人王を獲っている。すぐに打撃タイトルを獲るだろうといわれたが、手こずっていた。グレッグ・ノーマンは八六年のマスターズで首位に立ちながら、ジャック・ニクラウスに劇的な逆転負けをしていた。そしていうまでもなくタイガースは、八五年以後、優勝争いすらろくにしていなかった。

正直いって、清原とノーマンには勝てないだろうと思った。だが、阪神には負けないと予想した。こちらが文学賞を獲れなくても、阪神も優勝しないから、永遠に勝負はつかないというわけだ。

この競争は一九九九年まで続いた。なんと、私が日本推理作家協会賞を獲ってしまったのだ。清原とノーマンがあんなにもたもたするとは夢にも思わなかった（彼等はまだもたついている）。

で、こちらは予想通りだが、阪神は相変わらず下位を低迷していた。九二年に一度だけ、ハラハラドキドキさせてくれたが、優勝争いをしたのはその時だけだった。とにかくこのチームは、弱くなるのがじつに早いのだ。

八五年の優勝監督を連れてきてもダメ、ＩＤ野球の野村監督を招聘《しょうへい》してもダメで、四年連続最下位には、さすがに呆《あき》れた。

だがダメダメ状態が長く続くにつれ、次第に私の中で、八五年に味わった甘い蜜《みつ》の味が薄れていったのも事実だ。阪神は優勝しないもの、という不文律が再び出来上がっていったのである。

昨年（二〇〇二年）、巨人のマジックナンバーが1の状態で、阪神巨人戦が行われた。よその試合で二位チームが負けてしまったので巨人の優勝が決まったのだが、その試合では阪神がサヨナラ勝ちした。するとスタンドの阪神ファンは歓喜して六甲おろしを歌った。他チームのファンには考えられない行動だろう。しかし私にはわかるのだ。彼等には阪神の順位など意味がない。したがってどこが優勝しようがどうでもいい。ただ目の前の試合で阪神の選手ががんばってくれさえすればいいのだ。例年、阪神にとっては七月以降は、ずっと消化ゲームみたいなものである。消化ゲームを楽しむ達人であることが、阪神ファンであり続ける条件なのだ。

ところがそこに星野仙一《ほしのせんいち》という人物が現れた。

彼は阪神を全く違うチームに作り替えてしまった。十八年間誰も出来なかったダメ虎の血の一掃を実現し、チームを戦う集団に仕立て上げた。開幕戦で負けながら、その後すぐに連勝する。巨人に六点差を追いつかれながら引き分けに持ち込み、続く二試合を連勝する。いずれもこれまでの阪神には決して出来なかった芸当だ。

私は阪神の勝利を喜びながらも戸惑っていた。これは本当に阪神なのだろうか、阪神という名の別のチームではないのか、という気さえした。

そんな私の戸惑いなどお構いなしに阪神は勝ち続けた。勝って勝って勝ちまくった。七月にマジックナンバーが出ることなど誰が予想しただろう。

八月に入る前に私は優勝を確信した。貯金が四十もある上に、二位から五位までがダンゴ状態で星を潰《つぶ》し合っていたからだ。阪神が負け続けたとしても、マジックは自動的に減っていくと予想した。結果はその通りで、死のロードで苦戦したにもかかわらず、着実にカウントダウンは行われた。

いわば八月以降は消化ゲームだった。巨人戦を見に行く予定を立てていたが、キャンセルした。消化ゲームを楽しむ達人であるはずなのに、何となく、「わざわざ球場まで行かなくてもいいや」という気分になってしまったのだ。

そして九月十五日、阪神は優勝を決める。そのシーンを私は、巨人中日戦の合間に見ることになった。

星野監督や選手たちの歓喜する姿を見た後、再びテレビのチャンネルを巨人中日戦に戻した。巨人は大敗していた。しかも長い連敗中だった。

それを見た瞬間、今シーズン私が抱き続けていた違和感の正体がわかった。

今年の阪神には倒すべき相手がいなかったのだ。

私が阪神を応援する時、その視線の先には常に巨人がいた。大阪人である私にとって巨人は東京であり、ちっぽけな個人である私にとって巨人は巨大組織だった。

しかし今年の巨人は阪神にとって大きな壁ではなかった。おそらく第一戦で、その壁は崩れていたのだろう。あの六点差を追いついたのが、今年の巨人の全力だったのかもしれない。それに耐えてしまえば、後はもう打ち崩すだけというわけだ。

今年の阪神は真の意味では戦っていない。ただ、無人の野を突っ走っただけだ。十八年ぶりの優勝はたしかに嬉《うれ》しい。だが私が本当に求めているものとは少し違う。来年はたぶん巨人も蘇《よみがえ》るに違いない。憎々しいほどに強くなった巨人を倒してペナントを勝ち取った時、おそらく心の底から喜べるだろう。

しかしもし、そのまま阪神の黄金時代が到来したらどうか。何年も連覇が続いた時、果たして阪神を応援し続けられるか。なぜならそこには、「強者を倒す弱者」としての阪神の姿はないからだ。

まあ、そんな心配は無用かもしれない。むしろ、これだけ甘い汁を味わった後、再びまたあの苦い水を飲まされるのではと恐れたほうが現実的だ。

無論、その場合の心の備えはできている。

（二〇〇三年九月）

『レイクサイド マーダーケース』を見てきました!

実業之日本社から刊行されている拙著『レイクサイド』の映画化が正式に決まったのは、二〇〇三年に入って間もなくのことだった。それまでにも、映画化を検討しています、という話がフジテレビから聞こえていたが、実現することは期待していなかった。というのは、その少し前に『ゲームの名は誘拐』(映画タイトルは『g@me.』)の映画化が決まっており、そんなに立て続けにこの手の話が成立するとはとても思えなかったのだ。

メガホンを取ることになったのは、『ユリイカ』などの代表作がある実力派、青山真治《あおやましんじ》さんだ。それを聞いて、フジテレビもかなり気合いが入っているんだなと期待した。そして配役を聞いて、我々はさらに狂喜乱舞した。なんと、主役はあの役所広司《やくしよこうじ》さんだという。この時点ではほかの役はまだ決まっていなかったが、役所さんが出て、青山真治さんが監督をするとなれば、一気に『レイクサイド』にハクがつく。おまけに——といっては失礼だが、指揮をとるのは青山監督と長年コンビを組んでいる仙頭武則《せんとうたけのり》プロデューサーだ。もはや何もいうことはない。

自分の小説が映画化されるのはうれしい。本が売れることを期待できるというのもあるが、それ以上に、あの作品が映像化されたらどうなるのかを見てみたい、という単純な思いがある。私は作品を書く時、頭の中で一旦《いったん》映像を思い浮かべてから文章に直している。今度はその文章が映像に戻されるわけだが、別のクリエイターに任せたらどんなふうになるのか、それを純粋に知りたいのだ。

映画化決定の知らせを受け、このエッセイでお馴染《なじ》みのS編集長やT女史も大喜びである。二人とも、担当した作品が映画化されるのは初めてということだった。

まだ雪のある時期だったので、三人でスノーボードに出かけることも多かったが、行き帰りの車中での話題はやはり映画化についてだった。役所さん以外の配役も徐々に決まりつつあったが、まだ未定の役については、勝手にあれこれ想像しては盛り上がった。

「あの役は○○なんかどうですか」

「いやあ、あの役者はどうかな。ちょっとイメージが違うな。僕は××なんかいいと思うんだけどね」

「それはまともすぎますよ。私は○○でいいと思いますよ。彼女もイメージチェンジが必要な時期だと思うし」

ど素人三人組が、すっかりプロデューサー気取りである。

撮影は五月に入ると同時に始まった。場所は河口湖《かわぐち》である。湖畔に本物の別荘を建て、殆《ほとん》どのシーンはそこで撮るという話だった。これにはぶったまげたが、

「いろいろな方法を考えたんですよ。既存の別荘をいくつか借りて、シーンに応じて使い分けようとか、スタジオにセットを作ろうとか。でも結局、これが一番手っ取り早いってことになったんです。費用の面でも案外経済的なんですよ」

というのが、フジテレビのプロデューサーの話だ。よくわからないが、そういうものかもしれないな、とも思った。以前、『秘密』という作品が映画化された時には、スタジオ内に家のセットが組まれたのだが、だからといってちゃちなものでは決してなかった。

その撮影現場を見学しに行こうという話になった。この頃には当然のことだがすべてのキャスティングが決まっている。薬師丸《やくしまる》ひろ子さん、豊川悦司《とよかわえつし》さんら大物の名前が並び、我々は異様に盛り上がっていた。どうせ見学するなら、なるべくたくさんの役者さんと会いたいと思うのが人情である。フジテレビにそのように希望を出し、見学日をセッティングしてもらった。

五月某日、我々は河口湖に向かった。S編集長やT女史も、すっかりミーハー気分であ

る。

河口湖インターを出て、しばらく走る。林の中の小道をどんどん進んでいった先に、その別荘は建っていた。それを目にした途端、我々は感嘆した。まさに本物の、しかもかなり豪華な別荘だった。

『レイクサイド』は一種の密室劇である。子供の受験勉強合宿のため、湖畔の別荘に集まった四組の夫婦が、突然起きた殺人事件に右往左往するという話だ。

目の前に現れた別荘を見た私の最初の印象は、

（こんな立派な別荘はイメージしてなかったなあ）

というものだった。

仙頭プロデューサーが我々を出迎えてくれた。

「すごい別荘ですねえ」私は真っ先にそういった。

「そうでっしゃろ。問題は撮影が終わった後、どうするかということですねん。本物の資材を使ってますから、このままどこかに建て直すこともできまっせ。ヒガシノさん、買いまへんか」

仙頭さんは大阪弁が特徴だ。その言葉遣いで物を売りつけられると、何となく断りきれなくなるから不思議だ。いや、だからといってまさか買いはしないが。

雨が降っていたので、撮影スケジュールが少し変更されたということだった。豊川悦司さんのシーンが夜に回されたと聞き、T女史は明らかにがっかりしている。しかし撮影がすべて別荘内で済むので、雨に濡《ぬ》れる心配がないのは助かった。

別荘は人で溢《あふ》れていた。殆どがスタッフである。リビングルームで撮影が行われる予定らしく、ソファを取り囲むようにカメラや照明の位置が決められている。青山監督が椅子に座ってスタッフにあれこれと指示を出している。それに従って大勢のスタッフが動く。ふつうそんな状態なら騒がしいはずだが、不思議なほどしんとしていた。空気がぴんと張りつめているのがわかった。

我々は撮影の邪魔にならない場所に移動した。話をするのも、ひそひそ声だ。えらいところに来ちゃったぞと思った。

やがて役所広司さんと柄本明《えもとあきら》さんが現れた。二人がリビングで会話するシーンなのだが、かなり緊迫感のある演技で、「スタート」の声がかかるたびに我々は固まった。咳《せき》なんかしようものならスタッフ全員から睨《にら》まれそうだ。本番で「OK」が出た後は、自分が演じていたわけでもないのに、ふうーっと大きなため息が漏れた。

次のシーンの準備が整うのを待つ間を利用して、マスコミ取材を受けることになった。私が待機していると、どこからか薬師丸ひろ子さんが現れた。全く予期していなかったので、びっくりした。

私の世代だと、薬師丸さんといえば断然『セーラー服と機関銃』である。会社の先輩にも彼女の大ファンがいた。あのヒロインが目の前にいると思うだけで夢心地だ。

こっちが緊張していると、

「ヒガシノさんのことは北方謙三《きたかたけんぞう》さんからよくお話を伺うんですよ。お会いできて光栄です」

と薬師丸さんのほうからいってもらった。お世辞だろうがうれしい。北方のオヤジが何をいったのかは敢えて訊《き》かないことにした。

続いて役所広司さんと、この映画が実質デビュー作になる眞野裕子《まのゆうこ》さんが登場した。役所さんは映画やテレビで見ているとおり、存在感のある人だ。眞野さんはすごい美人。役所さんの愛人役なのだが、オーディションでその座を射止めたせいか、自信が漲《みなぎ》っているように感じられた。

マスコミによるインタビューが始まった。原作者が現場に来るというのはどうですか、という質問が役所さんに向けられた。

役所さんは少し迷った後、

「まあ、はっきりいってあまりありがたくないです」

と、おそらく本音だろうと思える答えを述べられた。

「原作者の方をがっかりさせちゃうんじゃないかとか、いろいろと考えてしまいますからね。それでやりにくいというのは少しあるかな」

そうだろうな、と横で聞いていて思った。こっちは単なる野次馬にすぎないと思っているのだが、原作者が来るとなれば、

「何か文句をつけるつもりじゃないのか」

と勘繰りたくなるのは当然だろう。

『秘密』や『g@me.』の時にも、

「原作と違っているところがいくつかあるようですが、それについて原作者としてはどうお考えですか」

という質問をずいぶんとされた。こちらの気のせいかもしれないが、そういう時には原作者はきっと不愉快に違いない、と決めつけられているように思う。

ほかの作家は知らないが、私の場合そういうことは一切ない、と断言しておこう。映画化を任せた以上、私は監督、脚本家、さらには役者を信じることにしている。誰もがいいものを作ろうとしているはずだからだ。わざわざ面白くないものを作ろうとは誰も思わない。熟考の末、最も面白いと思って作ったストーリーが原作と違っていても構わな

い。むしろそれは望むところだ。そのストーリーを生かす最善の演出を監督はやろうとするだろうし、役者さんたちはそれに応《こた》えようとするはずだ。

それを見て、私も勉強することができる。考えが違う部分はもちろんある。しかし、違うからといって否定するのは間違いだと思う。自分の考えが常にベストだとはかぎらないからだ。

そういったことをインタビューでも力説したのだが、記者はあまりぴんとこない顔をしていた。それで、こんなふうにいう作家はやっぱり少ないのかなと思った。

あまり邪魔をしては悪いので、というより現場の緊張感に耐えかねて、インタビューが終わると我々は早々に退散することにした。

撮影は一か月あまり続いたらしい。その後、編集作業があったそうで、映画が仕上がったのは九月の半ばだった。スタッフだけの試写が行われるということなので、我々は五反田のＩＭＡＧＩＣＡ《イマジカ》まで出かけていった。

で、映画の出来であるが――。

もったいをつけるようだが、今ここで詳しいことを述べるのはよそう。ただ一ついえることは、プロの力を信じて正解だったということだ。原作を預けたら一切口出ししないという私の方針は間違っていなかった。

試写室を出たら、新人女優の眞野裕子さんが感激のあまり泣いていた。
そういえば『秘密』の試写の後、広末涼子さんも涙を浮かべていたっけ。

（二〇〇三年十月）

準備完了　雪はまだか？

二〇〇三年の夏はとんでもなく寒かった。おかげで海の家の売り上げはさっぱりだったそうだ。たしかに夏を過ごしたという気がしない。毎年行ってた海にもとうとう行けなくてつまんなかった。

とか思っていたら、今度は冬がちっとも来ない。十一月後半に入ったというのに、部屋の中では半袖《はんそで》Tシャツで十分という暖かさだ。先日タクシーに乗った時なんて、がんがんに冷房を効かせてた。

やばいなあ、と思う今日この頃である。つまり雪が降らず、ちっとも「おっさんスノーボーダー」を再開できないのだ。

昨シーズンの記録を調べてみたら、十一月に入って間もなく、新潟や群馬には雪が降り出しており、半ばには玉原スキーパークへ滑りに行っているのだ。しかも雪質最高、ほぼ全面滑走可というコンディションだった。ところがその玉原でさえ、十一月に入って、まだ三回しか降ってないという。ゲレンデらしくなるのはまだまだ先の見込みだ。ほかのゲレンデも状況はひどい。二〇〇二年より一か月近くオープンが遅れるのは確実だろう。人工スキー場も苦戦しており、富士の裾野《すその》にある「日本一早くオープンする」Yeti《イエティ》も雨や暖気で雪がしょっちゅう消滅している。昨シーズン、このエッセイで報告した鹿沢スノーエリアも、一応オープンはしているが、滑走エリアは十パーセントもない。あの時は大雪だったのになあ。

頼みの綱は狭山スキー場だけということになるが、昨シーズンのことを思い出すと、どうも積極的に乗り込む気になれない。人工雪はただのシャーベットだったし、リフトは屋外なので暑いし、おまけに湿気の多い日だとゲレンデ中におかしな靄《もや》がかかるし……。

こうなってみると、懐かしいのはザウスである。死んだ子の歳を数えても仕方ないと思うのだが、やはりあの巨大施設の閉鎖は痛かった。何しろ、私のスノーボード滑走歴の大半はあそこだもんなあ。

何とかザウスが復活してくれないかなあと夏ぐらいまでは期待していたのだが、その夢も破れた。とうとう取り壊すという記事が出たのだ。で、十月あたりから本格的な解体工事が始まってしまった。跡地はマンションなどになるらしい。土地を売却することで、莫《ばく》大《だい》な工事費も捻出《ねんしゅつ》できるのだそうだ。三井不動産、うまいことやりおったな。

インターネットで掲示板を見ていたら、ザウスの解体の様子を逐一撮影しているサイトがあると知った。早速見てみると、なるほど解体初日からほぼ一週間おきに撮影がなされている。あの懐かしのザウスが少しずつ解体され、単なる鉄骨の固まりに変わっていく様子を見るのは何となく辛《つら》い。にわか常連客（へんな言葉だが）だった私でさえ感傷的になってしまうのだから、長年愛用していたファンたちの悲しみは察するにあまりある。「また再びバブル景気がきて、ザウス以上の屋内スキー場ができることを祈ります」と掲示板に書き込んでいる人がいた。バブルみたいに弾《はじ》けるのは勘弁してほしいけど、ザウスみたいなのが作られるほど景気がよくなってほしいというのは、スキーやスノーボードと無関係な人たちでも願っていることだろう。

改めて、ありがとうザウス、そしてさようなら、だ。

さてちっとも雪が降らないのならば、降ってない時にしかできないことをしようということで、雪なしゲレンデを見に行くことになった。何のためにそんなことをするのかというと、小説の取材である。どんな小説かはまだ決まってない。こんな取材が役に立つのかどうかもわからない。しかしとりあえず、このエッセイでは生かされることになった。

お馴染みT女史やS編集長と共に、苗場に向かった。車を運転するのはS編集長だ。関越自動車道に乗り、一気に北上する。スノーボードシーズンと全く同じである。違うのは、どんなに走っても、前方に雪山が見えてこないことだ。それでもスキー場の看板だけは目につく。「11月22日よりオープン！」なんていう威勢のいいことを書いている看板もある。この文章を書いている時点で、その日付は過ぎているのだが、あの看板はどうなったであろうか。ちなみに昨シーズン最後に滑ったのは、月山を除くと、かぐらスキー場なのだが、そのかぐらも二十二日オープンを予定していた。だがやはり雪不足で中止になっている。

月夜野《つきよの》インターで出て、苗場プリンスホテルに向かう。「いやあ、この道をこんなに気楽に走れるなんて初めてですよ」とS編集長。そりゃそうだろう。雪は全然ないし、当たり前のことだが交通量も少ない。

あっという間に目的地に着いた。シーズン中は賑《にぎ》わっている苗場スキー場周辺は、ゴーストタウンのようだった。土産物屋やレンタル店が閉まっているのは理解できるとして、レストランや喫茶店まで殆《ほとん》どが閉店中なのはびっくりした。たしかに道を歩いている人がいないのだから、店を開けても意味がないのだろう。それでも唯一、ラーメン屋だけは営業中だった。通りすがりのトラックの運転手なんかが立ち寄るのかもしれない。

ホテルに入り、ゲレンデ側に回った。ずらりと並んでいたはずのスキーロッカーは影も形もなく、代わりに卓球台が置かれていた。

ゲレンデの一部はゴルフ場になっていた。ホテルにいる人の殆どがゴルフ客である。しかし我々の馴染み深いゲレンデはコースには入っていない。そりゃそうだよなあと思った。コースの途中にリフトやゴンドラの鉄塔があったら邪魔である。

てくてくと三人でゲレンデを上がっていった。何となくシーズン中よりも全体的に狭いような気がするのでそういってみると、二人も同じ意見だった。一面が真っ白だと遠近感や立体感が狂って、広く見えるらしい。

我々を苦戦させたコブ斜面も、この日はただの草斜面だった。一部にススキが群生しているエリアがあり、そこを迷路状にカットして、子供たちが遊べるようになっていた。アスレチックコースや、フリスビーを使うディスクゴルフコース、パターゴルフコースなんかもある。たぶんお父さんやお母さんがゴルフをしている間、子供たちが退屈しないようにという配慮だろう。

人工雪マシンが何台か、一列になって稼働していた。それぞれが一メートルほどの高さの雪山を作りだしていた。苗場も二十二日オープンを打ち出しており、それに間に合うようにということだろう。そばに寄って触ってみると、雪というより細かい氷という感じだった。

スキー場で生計を立てている人たちが雪を待つ気持ちは、我々なんかよりもはるかに切実だろうなあと想像した。

その後、苗場の人工雪作りは順調に進んだらしく、二十二日には無事オープンを果たしている。よかったね。

苗場取材の数日後、スノーボードの弟子（ということに勝手にしている）であるK川書店のE君、A君を連れて、神田のスポーツ店に出向いた。彼等はまだ道具を持っていなかったので、シーズンに入ったらすぐに行けるよう、早めに揃えておこうということだ。

さすがにまだがらがらである。しかしニューモデルはずらりと並んでおり、よりどりみどりだ。

A君は、スノーボードとビンディングとブーツの三点セットに、ウェアを入れて、何とか十万円以内で収めたいという。E君はビンディングとブーツだけ。板は私の使い古しをやることになっている。

私の目的はブーツを買うことだ。じつは二〇〇三年も新しいのを買ったのだが、結局足に合ってないことが判明し、昨シーズンは古いブーツを履き続けた。今度こそ、足にフィットするものを、と意気込んでいた。

しかしなかなか見つからない。足のサイズに合わせると、どれも皆、甲の部分が余ってしまうのだ。

E君も苦戦している。彼は逆に、甲がきつくて痛いという。

二人で互いの足を比べてみてびっくりした。甲の高さがまるで違うのだ。私は低く、彼は高い。同じ人間でもずいぶん違うものだなあと頷《うなず》き合った。

それでもとにかく三人とも、何とか自分の足に合うブーツを見つけた。E君とA君が選んだのは、サロモンのニューモデルである。軽くて履き心地が抜群なのだそうだ。

「通勤に履いてもいいぐらいですよ」なんてことをE君はいっている。そんな馬鹿なことあるわけないのだが、それほど気に入ったのなら何よりである。

しかしE君はともかくA君は予算に上限があるので、この後は少しみみっちくいかなきゃならない。ところがちょっと目を離したすきに、ビンディングも店員に勧められるままニューモデルの高級品を買ってしまった。しかも、板も最高モデルを見せられ、今にも買いそうな勢いである。人ごとながらあわてた。こんな調子ではあっという間に予算をオーバーしてしまう。

「A君はまだへたっぴいなんだから、このあたりの板で十分だぞ」

そういって勧めたのは、一万円台の品である。量販店向けの板らしく、同じデザインのものがずらりと並んでいる。ところがそれがA君には気に入らないようだ。

「えー、なんか、安物まるだしじゃないですか。ゲレンデで同じのを持っている人と会いそうだなあ」

「今は商品が豊富な時期だから、こんなふうにずらっと並んでるけど、あと一か月もしたら、すごいお買い得品になってるよ。とにかくこのあたりで決めとけ」

しかし変なところでプライドの高いA君は御不満の様子だ。で、またしても店員の口車に乗せられそうになる。

それを必死でくい止め、何とか低価格の板（といっても、わりと高級品だ）で妥協させたが、この時点で九万円近く使っている。予算からいえば、残り一万円少々でウェアの上下を買わねばならない。これは、はっきりいって不可能である。

結局A君は、ウェアに関しては、ジャケットだけ新しいものを買い、パンツのほうは昨シーズンのままでいくということになってしまった。

それぞれが新しいギアを手に入れた後、食事に行った。

「自分の道具が揃うと、一刻も早く滑りたくなりますよね」とA君。

「そうだ、そうなのだよ。君もようやく一人前のスノーボーダーになってきたようだな」と私。

我々の思いはすでに雪山に飛んでいた。空想の中では、全員がプロスノーボーダーである。

しかしそれから三週間以上が経つというのに、せっかく買ったニューモデルの出番が一向に来ない。私は未《いま》だにTシャツ姿で仕事をしている。

この雪不足、一体どうしたらいい？　十二月になったら、少しは状況がよくなるのだろうか。この駄文が掲載される時期には、おっさんスノーボーダーが快調に滑り始めていることを祈る。

（二〇〇三年十一月）

執念の初滑り！

雪が降らないと「おっさんスノーボーダー」を再開できない、せっかく新しいブーツも買ったのに——ということを前回書いた。さらに、昨シーズンよりも一か月近く、各地のゲレンデのオープンは遅れるだろう、と予想した。

その予想は的中した。いや、予想よりも現実は一層深刻だ。この駄文を書いている時点で十二月半ばである。しかし殆どのスキー場がオープンできないでいる。積雪が少ないどころの話ではない。雪がちっとも降らないのだ。たとえ少し降ったとしても、その後に暖気や雨が襲ったりして、せっかく積もりかけた雪を溶かしてしまう。

ザウスなき後、今や国内最大の人工スキー場となった狭山スキー場では、雪を作っても作っても溶けてしまうのだそうだ。こんなことはかつてなかった、と造雪係のおにいさんも嘆いているらしい。

異変は北海道でも起きている。例年ならばこの時期は、すでに積雪が一メートル以上に達していて、どこのゲレンデも百パーセント滑走可能となっているはずなのだ。ところが現時点で全コース滑走可なのは、札幌国際スキー場をはじめ、ごくわずかである。その札幌国際でさえ、積雪が一メートルに届かないのだ。

北海道がそんな状態なのだから、本州なんて当然ひどい。毎日インターネットで、各地のゲレンデ状況をライブカメラで観察しているのだが、がっかりするというより、もはや笑ってしまう状況である。多少白くなったとしても、二、三日暖かい日が続くと、もう地面が見えてしまうのだ。

だがこれは日本だけのことではないらしい。十二月二日、国連環境計画とチューリッヒ大学のグループが、とんでもない予測結果を発表した。それによれば、このまま地球温暖化が続けば、今後三十年から五十年の間に、標高千五百メートル以下のスキー場は雪不足により経営が成り立たなくなるという。そうなったらスイスやイタリアでは、半数以上のスキー場が閉鎖に追い込まれるらしい。

また我が国の気象庁によれば、今後、暖冬という予測は減る見通しだという。暖冬が減るならいいじゃないかと安心してはいけない。暖冬＝例年の冬に比べて暖かい、ということなのだが、このところ暖かい冬ばかりなので、もはやその言葉を使うのがふさわしくないということなのだ。

スキーヤーやスノーボーダーにとっては面白くない話ばかりである。しかしくさってばかりいても仕方ないので、何とか初滑りを敢行しようと作戦を練った。

とりあえずオープンしているスキー場はあるわけだから、そこへ行くのが一番手っ取り早い。だが天然雪に頼っているところは、今ひとつ信用ができない。

というわけで、向かった先はＹｅｔｉ《イエティ》である。緩斜面が一キロもだらだらと続くコースだが、何しろ滑るのは半年ぶりだから、足慣らしにはちょうどいいと思ったのだ。

同行者はＫ川書店のＥ君とＡ君だ。前回書いたように、二人とも自分の道具を購入したばかりだ。それらの使い心地を確かめようと張り切っている（ただし、Ｅ君の板は私のお古である）。

Ａ君の運転する車で東京を出発した。じつは七月に買ったばかりの新車である。マイカーで彼女をゲレンデに連れていき、スノーボードを教えてやる、というのが彼の究極の夢だが、それに一歩近づいたわけだ。後は、ボードがうまくなって、彼女が出来れば、一気に大願成就となるわけだが、いつになったらその夢はかなうのだろうか。

「久しぶりだからなあ、うまく滑れるかなあ」不安そうにＥ君がいう。

「滑り方を忘れちゃったような気がしますよね。うまくいきますかねえ」Ａ君も同調する。

心配しなくても、昨シーズンだってうまく滑れなかったよ、といいたかったが、黙っておくことにした。

とにかく、ようやく新たなシーズンを迎えるということで、三人とも気分は乗り乗りである。心も晴れやかだ。ただ、空模様は晴れ晴れとはいかなかった。東名の裾野インターチェンジが近づく頃になって、ぽつぽつとフロントガラスに水滴が当たり始めた。

「あっ、おい、雨じゃんよ。どうなってるんだ」

「上も雨でしょうか」

「富士山の上は雪ですよ、きっと」

「そうだな。雪だよな。寒いところじゃ、雨は雪に変わるんだ」

「そうです。そうに違いありません」

希望的観測というより、単なる願望を我々は述べ、お互いを励ました。

しかし願望はやはり願望にすぎなかった。Ｙｅｔｉに着く頃には、雨は本降りに変わっていた。雨粒もでかい。

「どうしましょう」慣れない運転でくたくたのＡ君が、ハンドルに手を置いたまま尋ねてきた。すでに涙目になっている。

Ｙｅｔｉのゲートを見ると、スキーヤーやスノーボーダーたちが続々と引き上げてくるところだった。

私は唸《うな》った。様々なことが頭の中を駆けめぐった。ここまで来て滑らないのは悔しい、しかし濡《ぬ》れるのはいやだ、それにこの雨ではゲレンデの状態は最悪だろう、ボードの腕前が決してうまいとはいえないE君やA君が怪我をするかもしれない、怪我をしてもいいが病院に連れていったりするのは面倒臭い、怪我はしなくても風邪をひくかもしれない、自分がひくのは仕方ないがE君やA君がひいてそれを伝染《うつ》されるのはかなわない、だがそろそろ初滑りをしておかないとエッセイのネタに困る、いやそれならば日を改めて別のゲレンデに行く手もある、その際にはこの二人は置いていこう――。

「中止にしよう」

私の英断に二人は反対しなかった。購入したばかりの新しい道具やウェアをいきなり濡らしたくない、という思いが彼等にはあったようだ。

というわけで意気込んだ初滑り計画も、男三人の無意味なドライブという形で終わってしまった。しかしそれでは、前述したようにエッセイのネタに困るわけである。ではどこのゲレンデに行くか。というより、どこへ行けば滑れるのか。私はまたしても、インターネットに流されている各スキー場の映像をチェックした。

日帰りが可能で、とりあえず滑れそうなスキー場は、苗場、かぐら・みつまた、鹿沢、軽井沢、丸沼高原、玉原、谷川岳というところだった。かぐら・みつまた、谷川岳以外は、人工雪によって雪不足に対応している。

オープンしているコースの距離が短いということで、まず、苗場、鹿沢、軽井沢は除外した。さらに高速道路を降りてからの距離が長いという理由で、丸沼高原も外した。残るは三か所。いずれも一長一短がある。谷川岳は積雪量はまあまあだが、遠いし、コースもそんなに長くない。かぐら・みつまたはもっと遠く、みつまたゲレンデは雪不足で滑れない。そのかわりにかぐらゲレンデはほぼ全面滑走可能だ。玉原は近くて便利だが、まだオープンしているコースが少ない。

どこにするか決めかねたまま、月曜の朝、車で出発した。本当はその直前の土日のほうが、ゲレンデコンディションはよかったはずである。しかしそこをぐっと堪《こら》えたのは、休日は混むことが予想されたからだった。実際、丸沼高原のライブカメラには、リフト待ちをする長蛇の列が写し出されていた。

青空が広がる中、関越自動車道を北上した。雨の心配はない。いよいよシーズン到来という実感がわいてきた。

運転しながらも、まだ迷っていた。各ゲレンデの様子がわからないからだった。予報では土日に雪が降るはずだったが、結局降らなかった。つまりどこのゲレンデも積雪量が減少しているわけだ。

ほぼ全面滑走可能なかぐらゲレンデが、突然滑れなくなるということはありえない。しかし谷川岳は微妙だ。雪が溶け、コース幅が極端に狭くなっているおそれはあった。玉原は人工造雪機があるので、一定水準のコースは確保してあるだろう。

かぐら・みつまたか玉原か、迷いながら走り続けた。遠くに見える山は、この時期にもかかわらずちっとも白くない。先月、雪のない苗場ゲレンデを見に行った時と似たような光景だ。

かぐら・みつまたまで行ったほうが確実か——そんなふうに思いながら運転を続けた。しかしちょっと遠いな、しんどいな、とも思った。

群馬県に入り、赤城《あかぎ》も過ぎた。相変わらず山は白くない。このままでは玉原は無理か、そう思った時、てっぺんが少しだけ白くなっている山が右前方に見えた。

やった、雪がある——。

その白い部分が玉原スキーパークのある場所かどうかは不明だったが、久しぶりの長距離ドライブに疲れていたこともあり、ふらふらと沼田インターチェンジで出てしまった。

約三十分後、スキー場の入り口に立ち、愕然《がくぜん》としていた。雪がなかったからである。いや、全くないわけではないが、ゲレンデと呼ぶにはあまりに厳しい状況だ。喩《たと》えていうなら、雪が降った翌日のグラウンド、というところである。つまり土の部分のほうが多いのだ。メインゲレンデはリフトを一本上ったところだが、この状況を見たかぎりではあまり期待できなかった。

失敗したかなあと思いながらリフト券を購入した。滑れるコースが半分以下なのに、正規の値段をとられたのはちょっと納得がいかなかった。

とりあえず着替えてリフトに向かう。久しぶりに滑れると思うとわくわくするが、メインゲレンデは一体どうなっているのだろうという不安のほうが大きい。

リフトに乗りながら、下の斜面を眺めた。人工造雪機が懸命に雪を吐いている。それでも地面が完全に白くなるにはまだかなり時間がかかりそうだ。造雪機を動かすのもただではないから、スキー場としては思わぬ出費を強いられている。だがオープンしないことには客が来ないわけだから、辛《つら》いところだ。

さていよいよメインゲレンデに到達した。ざっと見渡し、がっかりした。たしかに二本のコースが強引に作られているのだが、それ以外のところは山肌が完全に露出している。せっかく山奥まで来たというのに、人工スキー場丸出しだ。

だが文句をいうのは罰当たりなことである。どうやら今年の雪不足は尋常ではないらしい。その中で、とにかく滑れるようなゲレンデを作ってもらえただけでもありがたい。そう考えると、リフト券代が正規の料金なのも納得できた。もっと払ってもいいぐらいだ。いやもちろん払いはしないが。

六百メートルの緩斜面コースと、千五百メートルの中上級者用コースがオープンしていた。久しぶりなので、まずは緩斜面で何本か足慣らしをした。滑り方を忘れてはいないかと不安だったが、思ったよりもうまく滑れた。そんなことは絶対にないはずなのに、以前よりも上達した感じである。

調子に乗って、中上級者用コースにも挑むことにした。ここでも、すいすいと滑れた。へえ、俺ってこんなにうまかったかな、と少し自惚《うぬぼ》れたりした。後に、それは新しく購入したブーツのおかげだと判明するのだが、この時にはそんなことに気づくはずもなく、気分よくターンを決めていたのである。

ロングコースを十本ほど滑ると、さすがに足が動かなくなった。一人だと休憩が少なくなってしまうので、すぐに疲れるのだ。帰りの運転のことも考慮し、少々早めに引き上げることにした。

問題は、メインゲレンデからどうやって下に降りるか、だった。通常ならば斜面を滑っていける。しかし前述したように、その斜面に雪がないのだ。

ぼんやりしていると、リフト係のおじさんが出てきて、にこにこしながら手招きしている。やっぱりそうか、と私は思った。

板を足から外し、リフトに近づいていった。

「下りもリフトを使うんですね」

「うん、雪がないからね」おじさんはいう。

「いつまでこういう状況でしょうか」

「さあねえ、お天道様に訊《き》いてみなきゃわからないな」

「雪、降るといいですね」

「うん。でも、うちの親戚《しんせき》なんかは雪が少なくて助かってるから」

そこまで話したところでリフトが来てしまったので、私は板を抱えて乗った。

あのおじさんの親戚は、雪が少ないほうがいい仕事をしているのかもしれない。一体どんな仕事だろうと考えて、観光業以外は雪が少ないほうがいいに決まっていることに気づいた。


（二〇〇三年十二月）

おっさんスノーボーダーの功罪

前回、執念の初滑りを成し遂げたのだが、その後、ありがたいことに各地で雪が降り始めた。で、おっさんスノーボーダーも大忙しである。なんと一か月のうちに十日も滑っている。各社の編集者の、「連絡をとろうとしても全然つかまらない。さてはあの野郎、雪山で遊んでやがるな」と怒っている姿が目に浮かぶようだ。まあ、言い訳は後で考えるとして、今はとにかく目先の快楽に溺《おぼ》れることにしよう。

それにしても天候というのは予想のつかぬものだな。気象庁の長期予報では、今年の冬はいわゆる西高東低の冬型は長続きしないといっていたのだが、台風並みの低気圧が北海道を襲ったうえ、東の海上にどっかりと居座って動かないという事態が起きた。その時には北海道だけでなく、日本海側や山沿いでも連日の大雪が降った。いや、吹雪と表現すべきだろう。何しろ強風のためゴンドラやリフトを動かせず、泣く泣く営業を停止せざるをえないゲレンデが続出したのだから。じつは私もその日、K川書店のE君たちとガーラ湯沢に行こうと早朝東京駅で待ち合わせをしたのだが、駅に着いた途端、「本日、ガーラ湯沢スキー場は強風のため営業停止です」というアナウンスを聞かされる羽目になった。おかげで意味もなく朝っぱらからコーヒーをがぶ飲みすることになった。前回のYetiの時といい、E君と約束するとろくなことがない。そういえば彼と沖縄に行った時には、三日間ずっと雨だった。実業之日本社T女史と共に、天気の神様から憎まれているのかもしれないな。

ともかく気象庁の予報が外れて、全国のスキーヤーやスノーボーダーたちはほっとしていることだろう。もちろん、雪の被害に遭われている人たちがいることも忘れてはならないが。

というわけで、今シーズンも存分に滑れそうな感じで、私としても毎日が楽しい。いや、いや、仕事に支障をきたすようなことはしません、きちんと締切は守らせていただきます、それは大丈夫です、へい。それに、単に遊びで滑ってるわけじゃありません。ほら、こんなふうにエッセイを書いてるでしょうが。いわば取材ですよ、取材。えっ？　取材のやりすぎ？　そうかなあ、でもね、毎回毎回ネタを探さなきゃいけないほうの身にもなってください。大変なんですから。えっ？　読まされるほうの身にもなってみろ？……すんまへん。

誰に謝ってるのかよくわからん私だが、このエッセイもいよいよ佳境に入ってきた。というより、ネタが尽きてきた。滑ってきました、気持ちよかったです、では面白くも何ともないもんなあ。今回も、各地を滑ってきた感想を書こうと思えば書けないこともないのだが、滑走技術の変化も頭打ちになってきて、景気のいい話題が少ないのだ。

そこでエッセイの連載終了を予感させつつ、今回は軽く総括を行ってみよう。題して、「おっさんスノーボーダーになって良かったこと悪かったこと」だ。

良かったこと・一緒に遊べる知り合いが増えた

作家の二階堂さんや貫井さんがゲレンデに誘ってくれるようになったのは、喜ばしいことである。彼等はスキーヤーだけど、一緒に滑っていると本当に楽しい。我孫子《あびこ》武丸《たけまる》さんや笠井潔さんとも親しくなれた。変態のクロケン（黒田研二）と繋《つな》がりができてしまったのは、良かったことなのかどうかわからない。

悪かったこと・一緒に遊べる知り合いが増えすぎた

あちこちから誘ってもらえるのはありがたい。しかしどうしてもバッティングしちゃう時があるのだ。そういう時にはどちらかに不義理をすることになるので、大変心苦しい。時には原稿の締切と重なることもある。これまた辛《つら》い。ほんとうにほんとうに申し訳ないのだが、物事にはどうしても避けがたいことというのはある。私は作家なのだ。締切をないがしろにするわけにはいかない。というわけで、その大切な締切は、もう少し延ばしてもらうことになるのだ。

良かったこと・体力がついた

作家というのは、はっきりいって運動不足になりやすい。仕事中は座りっぱなしだし、どこへ行くのも、すぐに車を使ってしまう。一応スポーツクラブに通っているが、足腰は相当弱っているだろうなと気にしていた。スノーボードを始めてみて、それを確信した。いやもう、何というか、ひどいもんである。滑った翌日はまるで動けなかったもんなあ。それで、こんなことではいかんとジム通いもさぼらなくなったのである。おかげで今では、一日中滑った後でも筋肉痛にならなくなった。鈍感になっただけかもしれないけど。

悪かったこと・体力を過信するようになった

少しぐらい滑れるようになったからといって、以前より格段の運動能力が身に付いたわけではないのだ。はっきりいって、四十代後半であることに変わりはない。調子に乗って、俺なら何でもできるんじゃないか、などと思ってはいけないのだ。たとえカーリングであろうともなめてはいけない。万一なめてかかったらえらい目に遭う。おっさんはおっさんらしく、家でおとなしくしておくことも必要である。

良かったこと・生活が規則正しくなった

スノーボードには日帰りで行くことが多い。朝六時頃に起きて、自分で運転してゲレンデに行き、夕方まで滑って、また運転して帰るというパターンだ。くたくたなので、その夜はぐっすり眠れる。こんなことを繰り返していたら、生活が規則正しくなるのは当然だ。滑る予定のない日でも早起きできる。朝っぱらから、「我が家の節約術」とか「うちの嫁姑《しゅうとめ》戦争」なんていう番組を見ることも多くなった。

悪かったこと・生活に占める仕事の割合が不規則になった

何しろスノーボード中心の生活パターンである。明日は滑りに行くぞと決めていたら、何があっても早寝をする。眠れそうになくても、ベッドに入って目をつむる。締切が迫っていることからも目をそらす。おかげでゲレンデに行かない日は、大抵締切のデッドラインである。スノボー、締切、スノボー、スノボー、締切、締切という感じ。コブ斜面をすいすい滑るのが私の夢だが、スケジュールのコブを見事に乗り切るのも大きな課題だ。今のところ、どちらもうまくいかず、転倒の連続である。

良かったこと・寒さに強くなった

元々、寒さにはわりと強かったのだが、さらに耐久力がついた気がする。何しろゲレンデでは、一日の最高気温がマイナス五度、なんてことはざらである。風が吹くと一層寒い。それでもウェアの下に着るインナーは、大抵一枚だ。下はパンツのみ。吹雪の中でリフトに乗っていると、全身が氷結していくような気がする。その吹雪の中を猛スピードで滑ると、鼻や耳がちぎれそうだ。北国生まれの人にいわせると、なんでわざわざ冬に寒いところへ行くのかと不思議がられるのだが、じつは自分でもちょっと不思議である。でも東京に帰ってくると、どんなに寒い日でも暖かく感じられる。というわけで、スノーボードを始めて以来、コートを着たことがない。

悪かったこと・暑さに弱くなった

これは夏の暑さではなく、冬の暖房のことをいっている。あるいは、天気が良すぎて、予想以上にゲレンデの気温が上がった時などだ。要するに、寒さを予想して防寒対策をしているところで、思わぬ暖気に包まれたりすると、途端に汗びっしょりになり、へばってしまうのだ。それが怖くて、ついつい薄着になってしまう。暑さに弱くなったというより、暑さが怖くなった、といったほうがいいかもしれない。

良かったこと・仕事の幅が広がった

これは大変いいことではないでしょうか。現にこのようにエッセイの連載をものにした。いずれ、そのうちに、近い将来、チャンスがあれば、いつかスノーボード小説だって書くかもしれない。つまり作家としての引き出しを増やすことになっているわけだ。だから、これだって立派な仕事なわけで、ボード、ブーツ、ビンディング、ウェア、その他諸々の小物とか、リフト券代、交通費、弁当代だって、経費で落ちないわけがないのである。仮に仕事の助手として女の子を誘ったとしたら、その子の費用だって経費と考えるべきだろう。そうでないと絶対にぜったいにおかしい。

悪かったこと・仕事場の幅が狭まった

とにかく道具が嵩張《かさば》るのである。おまけにボードというやつはメンテナンスが必要で、ワックスを塗ったり、そのワックスをまた落としたりと、何かと面倒だ。そこで仕事場の一画をボード置き場にしたところ、ただでさえ狭い部屋が一層窮屈になった。濡《ぬ》れたウェアや小物を干したりもするので、何となくいつもじめじめしていて不快である。汗を吸ったグローブが異臭を放ちだした時にはさすがに閉口した。

良かったこと・話題が増えた

これは主に飲み屋でのことですな。飲み屋に行けば若いホステスさんなんかとも話をできるわけだが、その際にスノーボードを話題に出せば、新鮮に聞こえるというか、若々しく感じられるというか（若々しい、という言葉を使うこと自体おっさんだが）、たとえばゴルフを話題にするよりは何となくカッコいいような気がするのだ。おかげでもてた、といえるほどの効果は今のところないが。

悪かったこと・話題が偏るようになった

偏るというより、スノーボードの話ばっかりである。編集者たちも、次第にうんざりした表情を隠さなくなってきた。最初の頃は、「いやあ、ヒガシノさんはすごいですねえ。私なんか、とても真似できませんよ」なんていうふうにお世辞をいってた連中も、このところは何となく冷たい。こっちが唾《つば》を飛ばして滑る爽快感《そうかいかん》を語っても、「早く終わんねえかな」と、ただ不快感を露《あら》わにするだけだ。しかし、これは大変いかんことである。編集者たるもの、作家が気分よく執筆にとりかかれるムード作りに励まねばならない。たとえどんなに面白くない話でも、たとえこれまでに何度も聞かされた話であろうとも、「へえ、すごい」とか「大したもんですねえ」とかいって、感心したふりをすべきなのだ。そして作家がそんなふうに乗り乗りでしゃべっている時には、断じて仕事の話なんぞをして、話の腰を折ってはならんのである。そういうふうに規則で決まっているのである。

そういえば飲み屋のおねえさんたちの態度も、最近はちょっと変わってきている気がする。彼女らの笑顔が作り物臭いのはいつものことだが、それを隠そうとしていないように感じるのだ。

「ヒガシノ先生、すごーい」の台詞《せりふ》が、全くの棒読みだったりする。先日、ある飲み屋でトイレに行ったところ、女の子たちの次のような会話が耳に入ってきた。

「参ったよ、おっさんがまたスノボーの話を始めちゃったよ。あれ始まると長《な》げえんだよな」

「いつもおんなじ話ばっかだしねー」

「まあいいや、あのおっさんには勝手にしゃべらせとこうよ。適当に相槌《あいづち》うっときゃいいって。頭の中じゃほかのことを考えてりゃいいし」

「そうだよねー」

うう む、真面目に聞いていると思ってたら、単に右から左に聞き流していただけなのか。これではいかんなあ。ちっとももてないなあ。だけどほかに話題がないので、ついついスノーボードの話を始めてしまうのである。困ったもんだ。

でも考えてみれば、こっちは客だ。好きなことを話して何が悪い？　話をするために来てるんだ。そっちは聞くのが仕事だろうが。面白くない話だろうが、聞き飽きた話だろうが、さも楽しそうに聞くべきじゃないのか。おい、聞けよ。俺の自慢話を聞かんかい。


（二〇〇四年一月）

02.12.13
1日券
Ski Resort, MINAKAMI
norn
4H
02.12.31 15:20
¥3,300
2002.12.31 11:17 0003
norn
D 03.01.12
¥4,200
2003.01.12 11:19 0001
Chateraise SKI Resort
午後 大人
03.01.14
'03 Naeba
LIFT TICKET
PRINCE HOTEL
02.28
有効期日の17:00まで
KOKUDO
Ski Resort, MINAKAMI
norn
D 03.03.04
¥3,500
1日券
Pack
05-00016256
KOKUSAI
大人
03.17 1日券
.03
発売日当日限り。
無償譲り及び転売は禁止です。
KOKUSAI
大人
03 03 16 16:40
3時間券

こりゃ行き過ぎだろと
自分でも思う。でも、
これでも全部じゃない
のだ。左上のチケット
はザウス最終日のもの。

とりあえずこんなもんでしょう

どうしてそんなに夢中になれるんですか、スノーボードってそんなに面白いんですか、と訊《き》かれることがよくある。そりゃまあ、訊きたくなるだろうな、と自分としても思うわけである。寝る時間や飯を食う時間を削り、死にものぐるいで原稿を仕上げ、まだ暗いうちに家を出て、足がぱんぱんになるまで滑っているのだから、何か余程いいことがあるに違いない、と勘繰られるのも当然だろう。

スノーボードが面白いのは事実だ。しかし、たぶんそれだけではない。もっと面白いものなら、この世には星の数ほどある。

私を夢中にさせているのは、上達、ということだと思う。

はっきりいって私はおっさんである。四十代後半といえば、押しも押されもせぬ中年だ。そんなおっさんになってしまうと、何か新しいことを始めて、習って、そして上達する、という機会が極端に減ってしまう。むしろ、かつては出来たことが出来なくなってきた、ということのほうが多い。

だから、たとえ小さなことでも、「昨日は出来なかったことが今日は出来た」と思えるのが嬉《うれ》しくて仕方がないのだ。そしてスノーボードは、そのわずかな上達を肌で実感できるスポーツだ。特に初心者の頃は、滑るたびに多少なりとも上達する。さらに、自分の課題を自覚し、今度はそれを克服しようという気にさせてくれる。

そういう歓《よろこ》びを与えてくれるものは、たぶんほかにもたくさんある。たとえばゴルフは、老若男女を問わず、多くの人々の向上心を刺激するスポーツの代表格だろう。ゴルフに夢中になる人たちの気持ちは、とてもよくわかる。私の場合は、それがたまたまスノーボードだった、というだけのことである。

さて、では一体私はどれだけ上達したのであろうか。スノーボードを始めてから、約二年が経つ。エッセイの連載も終わることだし、このあたりで締めくくりっぽいことをしようよ、ということになった。

「締めくくりには何がいいだろうね」と私。

「それはまあ、やっぱり、ハーフパイプなんかをしていただけるとありがたいですけど」

物欲しそうな顔でそんなことをいうのはT女史である。ありがたい、とはどういうことだろうか。エッセイが盛り上がる、ということか。そりゃそうだろうが、いくらなんでもハーフパイプは無理だ。正直いって怖い。今度顔面を打ったら、鼻の骨がどんなことになるかわからない。

「ハーフパイプはやめといたほうがいいだろ。万一のことがあったら大変だ」

S編集長が口を挟む。カーリングの事故で私が病院に担ぎこまれた時のことを思い出したらしい。

「じゃあ、やっぱりワンメイクでしょうか」

T女史はさらにいう。ワンメイクとは、ジャンプ台を使って跳ぶことだ。これまた、着地で怪我をする危険性がある。

「もうちょっと妥当なアイデアはないのか。安全で、なおかつカッコよく見える、というようなものが」イライラしながら私は訊いた。

「ではグラトリはいかがでしょう」とT女史。

「グラトリ……グランドトリックか」

それはいわばフィギュアスケートのスノーボード版だ。斜面を滑りながら、くるくる回転したり、跳んだりする。たしかにゲレンデには、そういうことをしている若者もいる。目立てるし、上手そうに見えるし、何よりカッコいい。

photo by Shinji Akagi

テールプレスという技。たったこれだけのことでも結構むつかしい。

「それ、やってみるか」不安ながらも、その提案に乗ることにした。「ただし、君たちもやるのだぞ」

私の指示に、T女史とS編集長の顔が一瞬強張《こわば》ったのはいうまでもない。

一月末日、我々三人はガーラ湯沢にいた。グラトリは我流ではなかなかマスターできないので、レッスンを受けることにする。講師役は、昨年も世話になった松村圭太プロだ。私のことを覚えてくれていて、「レイクサイド、面白かったっすよ」なんていってもらえた。嬉しかった。

まずは滑走技術を確認するという目的で、ふつうの滑りを見てもらう。いくつか注意を受けた後、

「でもしっかり滑れてますよ。昨年とは別人のようです」

なんて、褒めてもらえた。インストラクターというのは、本当に褒めるのがうまい。彼等の最大の目的はスノーボードを好きになってもらうことにあるからだろう。それがわかっていながらも、やっぱりいい気分である。

その後、初心者用斜面に移動して、いよいよグラトリのレッスンだ。目をつぶっていても滑れそうな緩斜面だが、初めて滑った時にはとんでもない急斜面に思えた。まさに隔世の感がある。

T女史、S編集長の二人も加わり、まずは基本的なレッスンを受ける。ボードの一方を浮かせたり、しなりを利用して跳んだりするのだ。一通り教わったところで、今度は滑りながら回転したり、ジャンプしたりする。

「はい、では次に跳んで180度回転してみましょう」

松村プロがお手本を示してくれる。しゅーっと滑って、途中でジャンプ、くるりと回転して着地。プロがやると、じつに簡単そうに見える。

ところが素人がやると話が違う。ヒガシノ、T女史、S編集長、三人揃ってころころと転んでばかりだ。初心者だった頃を思い出す。

「はい、結構です。その調子です。では次に逆回転をいってみましょう」

松村プロの言葉に思わずのけぞる。いやいやいや、結構でもないし、こんな調子じゃだめでしょ。出来てないでしょ。三人とも転んでるでしょ。

しかしこちらの狼狽《ろうばい》に気づかず、というよりそんなものは無視して、松村プロは次々と内容をステップアップしていく。我々三人はちっとも出来ない。救いは、雪が降ったばかりで下が柔らかかったことだ。そうでなければ、我々は全身痣《あざ》だらけになっていたことだろう。

「今日は、ヒガシノさんにどうしてもマスターしてもらいたい技があるんですよ」リフトに乗っている時、松村プロがいった。

「そうなんですか」

「ええ。だから、そこへ持っていくには、どうしても急いでステップアップしていかなきゃいけないんです。申し訳ないんですが」

「そういうことでしたか」

なんと松村プロは、このおっさんスノーボーダーに、技をひとつ手土産に持って帰らせようと、少し急ぎ足で教えてくれていたのだ。何というありがたい話であろうか。感激した。そういうことであれば、こっちもがんばらねばなるまい。T女史やS編集長のことはほっておいてでも、私だけは出来るようにならねば。

で、松村プロが私に伝授しようとする技とは、次のようなものだった。

・まず真っ直ぐ滑り始める。
・次にボードの先端を浮かせ（テールプレスという）、回転を始める。
・180度回転したところで、ボードのしなりを利用してジャンプする。
・180度回転したところで着地。

これらをスムーズに続けて行うのだ。松村プロがやると、これさえも何でもないことのように見える。ところが、である――。

何度やってもうまくいかない。いいセンまでいっても、最後のジャンプで転倒してしまうのだ。T女史、S編集長も同様である。じつはこれまでT女史が転ぶところを殆《ほとん》ど見たことがなかったのだが、この二時間でたっぷり見せてもらうことになった。

「あと少しです。ほんのちょっとで出来るようになります。がんばってください」

松村プロの声に励まされ、転びながらもトライを続ける。そして斜面がもう終わるという時――。

不意に出来たのである。ハーフパイプやワンメイクをするような連中には笑われるだろ

photo by Shinji Akagi

松村圭太プロと握手。こんなおっさんをスノーボーダーにしてくれて心から感謝！

うが、見事に着地が決まった時には、思わずバンザイをしてしまった。おっさんスノーボーダーが、また一つ「上達」を手に入れた瞬間だった。

コツを摑《つか》んだらしく、その後何度かトライして、成功率が六十パーセントを超えるようになった。身体の向きを反対にして（フェイキーという）の同様の技も、何とかこなせるようになった。

「技をいろいろと組み合わせれば、バリエーションは無限に広がります。どうかがんばって練習してください」

松村プロの言葉に大きく頷《うなず》く。いやあ、本当に習ってよかった。何かをマスターする歓びというのは、じつにいいものである。

どんなスポーツにも、これでゴールインということはありえない。何かひとつ達成できたとしても、必ずまた新たな目標が生まれるものだ。そういうことを続けていけば、飽きるなんてことは絶対にない。結局のところ、飽きるとは挫折《ざせつ》なのだ。

スノーボードに出会って、本当によかったと思っている。あの冬の日、当時雑誌『スノーボーダー』編集長だったM氏に会わなければ、こんなに充実したスポーツライフを過ごすことなどなかっただろう。またM氏の弟子であるT女史が誘ってくれなければ、「スノーボード、いつかはやりたいな」で終わっていたかもしれない。S編集長が付き合ってくれなければ、「俺みたいなオヤジがスノーボードなんて恥ずかしいよ」と、くじけていたかもしれない。松村プロをはじめ、インストラクターの力がなければ、今のように軽快に滑れる日など来なかったかもしれない。

スポーツとの出会いは人との出会いでもあるな、と改めて思った。そういえばスノーボードを始めたことで、いろいろな人と子供のように遊ぶ機会が増えた。おっさんというのは、じつはいつまでも子供に戻りたがっているのだ、というのもスノーボードによって確認したことである。

ところで今回、プロのスポーツカメラマンの方に同行してもらい、私の滑りを撮影してもらった。これまで自分の滑りをきちんと見たことがないので、どんなふうに写るのか、とても楽しみだ。反面、ちょっと不安でもある。自分ではイケてると思ってたのに、写真を見てがっかり、ということにならなきゃいいがと思う。だがそれならそれで新たな課題を与えられたと思うしかないか。

プロのカメラマンだけに、要求も厳しい。「ここから滑って、あのあたりのブッシュを抜けて、いい感じに雪を飛ばしながら通り抜けてください。しかもなるべくスピードを出して」なんていうふうにいわれるのだ。こっちはド素人なんだけどなあ。

まあしかし、プロのライダーになった気分で、精一杯滑ってみた。

「なんだ、これぐらいなら俺にも出来そうだな」

と思った中年の皆さん。そのとおりです。あなたにだって出来ます。

（二〇〇四年二月）

photo by Shinji Akagi

photo by Shinji Akagi

おっさんスノーボーダー殺人事件

1

Y県八比《やっぴ》高原スキー場――。

桐島《きりしま》が転倒すると、妻の奈美《なみ》がげらげら笑う声が背後から聞こえてきた。

「そんなに笑うことはないだろうが」両足を踏ん張って立ち上がると、桐島はレンタルウエアについた雪を払った。「初めてなんだから仕方ないだろ。――ねえ、先生」

先生と呼ばれたのは若いインストラクターだ。

「ええ、大丈夫ですよ。スキーと違って、スノーボードは何度も転んで覚えるんです」インストラクターは笑顔で励ました。

「えー、でも、あたしはそんなに転ばなかったなあ」

「若いからっていいたいんだろ」桐島は腰を伸ばした。「それにしても疲れた。足がぱんぱんだ」

「では、本日はここまでにしておきましょう」インストラクターはいった。「桐島さんも、緩斜面なら木の葉落としはできるようになりましたから、後はたくさん滑って、とりあえず慣れることとです」

「たくさん滑るだけの体力が残ってりゃいいんですが」

桐島がそこまでいった時、一人のスノーボーダーが彼等よりも十メートルほど離れたところで停止した。黒いウェアを着て、ミラーレンズの入ったゴーグルをつけている。

桐島はその男をちらりと見た後、視線を妻に移した。

「君はこれからどうする？　俺はちょっと休憩するけど」

「あたしはもう少し滑りたいな。Aコースを滑ってないし」

「あの急斜面を滑るのか」桐島は顔をしかめた。「あの崖《がけ》みたいなところを」

「大したことないわよ、斜度三十度なんて」奈美はインストラクターを見た。「ねえ、先生、一本だけ付き合ってくださらない？」

「僕はいいですけど」

「是非そうしてやってください」桐島も頼んだ。「こいつは口ばっかりですからね、一人であんなところを滑らせるのは不安だ」

「そんなことはないと思いますが……じゃ、一本だけ」

「やったあ」奈美は小躍りした。

「俺はレストランで待ってるよ」

二人がゴンドラに向かうのを見届けてから、桐島はそろりそろりと滑りだした。

レストランの前でボードを外していると、先程のスノーボーダーが近づいてきた。

「なかなかの腕前ですね、教授」

桐島はゴーグル越しに相手を睨《にら》みつけた。「昼間は近寄るなといっただろ」

「誰も見ちゃいませんよ。それより、取引の話をしたいですね」

「だからその話は、二人だけでゆっくりしたい。人目につかない場所でな。今夜はどうだ」

「教授さえよければ」

「よし、じゃあ待ち合わせ場所を決めよう」

桐島が指定した場所を聞き、相手の男は一瞬口をぽかんと開けた。「本気ですか？」

「文句があるのか」

「いや、こちらは結構。じゃあ、九時にその場所で」男はボードを手に立ち去った。

桐島がレストランでコーヒーを飲んでいると、奈美が戻ってきた。ほかに三人の連れがいた。桐島の知らない顔だった。ブーツを見ると三人ともスノーボーダーのようだ。

「あなた、すごい偶然なの。びっくりする人に会っちゃった」奈美がはしゃいだ声を出した。

「君の知り合いかい?」

「ていうか、あたしが一方的に知っているだけなんだけど、こちら、ミステリ作家のヒガシノさん、ヒガシノケイゴさんなのよお」奈美は長身の男を示していった。男は長髪でゴーグル焼けをしており、年齢が不詳だった。

「へええ」全然知らない名前だったが、桐島は驚いたふりをした。「それはそれは」

奈美によれば、あとの二人は出版社の人間で、男性のほうは編集長らしい。

「ゴンドラで乗り合わせて、話をしているうちにわかったの。ねえ、あなた、あたしが『プールサイド』という小説を読んでたのを知ってるでしょ? あれをお書きになったのがヒガシノさんなの」

「そうだったのか」

その本のことなら覚えていた。奈美は、「欲求不満の残る、つまんない小説」といっていたはずだ。

「ゴンドラで話しているうちに、すっかり意気投合しちゃって、一緒に滑って降りてきたの」

桐島は作家を見た。

「妻が御迷惑をおかけしたのでなければいいんですが」

「いえ、意外なところでファンの方にお会いできて、僕も嬉《うれ》しいんですよ」作家は脳天気な笑顔を見せた。彼のファンだと奈美はいったらしい。

「取材でいらっしゃってるんですって。ねえ、せっかくだから今夜は食事を御一緒させていただかない？　ヒガシノさんたちは、オーケーしてくださったんだけど」

「お二人のお邪魔でなければ、ですが」作家が気取った言い方をした。

桐島は少し考えてから、妻に頷《うなず》きかけた。

「いいじゃないか。そうしよう」

「よかった」奈美はグラブをはめたままの手で、小さくガッツポーズした。

その姿を見ながら桐島は、好都合かもしれないな、と思った。

2

レストランの窓からは、ナイター照明の下で滑っているスキーヤーやスノーボーダーたちの姿が眺められた。店内の明かりが絞られていたので、雪面で反射した光が眩《まぶ》しいほどだった。

「そうですか、電子メディアの研究をなさってるんですか。じゃあ、面白そうな話がたくさん聞けそうだなあ」作家は桐島の職業に興味を示していた。そのことが桐島には意外だった。作家といえば文系人間の典型だと思い込んでいるからだ。

「こちらへはお仕事で?」タカナカという女性編集者が質問してきた。

「いえ、単純にレジャーです。妻がスノーボードをしたいといいましてね」

「あら、あなたがチャレンジしたいといったんじゃない」奈美が反論する。「主人は九州の生まれで、今朝ここに着くまで、積もった雪というのを間近で見たことがなかったんですって。だからスキーもしたことがないんです」

「ふーん、九州ならそうかもしれませんね」編集長が頷いた。

ちょっと失礼といって、奈美が席を立った。彼女が見えなくなってから作家が身を乗り出してきた。「奥さん、お若いですね」

「二十五です」桐島は正直に答えた。「ちょうど、二十歳下です」

へええ、と作家はのけぞった。「それは羨《うらや》ましい」

「ええと、ヒガシノさんは……」

「独身です」作家はちょっとむっとした。「妻に逃げられまして」

まさか、といって桐島は笑った。しかし作家は笑わない。編集者たちは気まずそうに俯《うつむ》いている。

奈美が戻ってきた。

「バーに行きません？　バーからもナイターゲレンデが見られるんですって」

「それはいい」桐島は三人を見た。「行きませんか？」

「行こう行こう」作家が腰を上げた。「ナイターを滑ってる連中には腕自慢が多いから、テクニックを盗めるかもしれない」

レストランの精算で少しもめたが、結局割り勘ということで話がついた。店を出てから桐島は妻にいった。

「君は皆さんと先に行っといてくれ。僕はちょっと済ませたい用がある」

「あら、今頃？」

「メールで送らなきゃならないレポートがある。三十分ほどで終わると思う」

「うん、わかった」奈美は少し怪訝《けげん》そうだったが頷いた。

四人と別れると桐島はダッシュした。エレベータに乗り込み、階数ボタンを押した。エレベータの動きが緩慢に感じられた。

十五分後、桐島は八比山の頂上に降り立っていた。スキーヤーやスノーボーダーたちが急斜面を滑り降りていく。それを横目で見ながら、彼は山頂レストランに向かった。この時間は営業しておらず、その周辺も暗い。

一人の男が煙草を吸っていた。桐島に気づいたらしく、その男は煙草を雪上に捨てた。

「こんなところに来て、平気なんですか?」声に笑いが含まれている。「最大斜度三十五度ですよ」

「大きなお世話だ」

「心配してるんですがね。ここから降りられないんじゃないかと」

「ここから降りられないのは」桐島はウェアのポケットからサイレンサー付きのピストルを取り出した。「おまえのほうだ」そして引き金を引いた。

桐島がバーに行くと、奈美は作家たちと談笑していた。彼女はマティーニを飲んでいるようだ。彼はウイスキーのオンザロックを注文した。

「遅かったのね」夫を見て彼女はいった。

「三十分といっただろ」彼は腕時計を見た。「二十五分しか経ってないぜ」

「お忙しいんですね」女性編集者がいった。

「野暮用です。それより、そろそろナイターが終わるようですね」桐島は窓の外を見た。リフト乗り場が閉じられていた。「こんな時間にリフトに乗りたいとは思わないな」

「ナイターではゴンドラを動かせないんですって。だから、頂上まで行くにはリフトを乗り継がなきゃいけないそうよ」

「ふうん。僕には関係ないな。頂上まで行ったら、初心者コースなんてないんだろ」

「昼間なら初心者用の迂回《うかい》コースを滑れますけど、ナイター設備はないはずです」女性編集者がいう。「だから、上級者コースを滑っていただかないと……」

「やっぱり私には関係ない。夜はこっちで十分です」彼は笑いながらグラスを傾けた。

3

翌朝、桐島が奈美と共に朝食会場に行ってみると、騒然となっていた。例のミステリ作家と編集長の姿もあった。女性編集者の姿はない。

「どうしたんですか」桐島は作家に訊《き》いた。

「殺人事件だそうです」作家は小声で答えた。「山頂で死体が見つかったらしくて、警察が来ています」

「殺人？　まさか」桐島は目を剝《む》いてみせた。「どうして山頂なんかで」

「さあ」作家は首を捻《ひね》る。「今、タカナカ君に事情を調べさせているところです」

落ち着かない気分で朝食をとっていると、女性編集者がやってきた。

「殺されたのは四十歳ぐらいの男性で、ピストルで胸を撃たれていたそうです。今、身元を確認しているみたいです。山頂レストランのそばで見つかったそうで、足にボードはついてなくて、レストランの前に立てかけてあったらしいです」

「ボード？　四十歳ぐらいで？」作家がおかしなことに反応した。「おっさんスノーボーダーが殺されたのか。で、犯人の目星はついてるのか。手がかりはあるのか」

「さあ、そこまでは……」

「刑事に訊いてみろよ」

「そんなこと、教えてくれるわけないじゃないですか」

「俺の名前を出してもいいぞ。当代随一のミステリ作家が事件解決に協力してやるから、情報を寄越せというんだ」

「そんなこといったら、ヒガシノさんだけでなく、あたしまでアホだと思われます。それより、今日はどうしますか。午前中は、警察関係者以外はゴンドラに乗れないそうなんです。上のリフトも動かさないから、一般人は山頂に行けません」

「なんだよ、じゃあ滑れないじゃないか」

「下のリフトは動かすそうですから、ホテル前ゲレンデなら滑れます」

「あのだらだら斜面を滑るしかないのか」作家は顔をしかめた。

「ハーフパイプなら滑れます」女性編集者は目を輝かせた。「チャレンジしてみますか」

「うーん」作家は唸《うな》った。

「だらだら斜面で我慢してください」編集長があわてた様子でいった。「こんなところで怪我をされたら、よその社からまた恨まれる。カーリングの悲劇を忘れましたか。今度鼻を折ったら、元に戻りませんよ」

「カーリング？　鼻？」奈美がきょとんとする。

「いろいろありまして」編集長が作り笑いをした。

結局作家たちはホテル前の緩斜面を滑ることにしたようだ。桐島も奈美と共に、そこでスノーボードの練習をすることにした。今日は奈美がコーチ役だ。上のコースが滑れないせいで、平日だというのにゲレンデは混んでいた。

昼過ぎになるとゴンドラが一般客に開放された。それで一気に客たちが山頂を目指すのを見て、桐島たちは昼食のためホテルに戻った。

昼食後、桐島は部屋で少し休むことにした。奈美は作家たちと滑るといって、ゲレンデに出ていった。

ドアがノックされたのは、桐島が二本目の煙草を灰にした直後だった。ドアを開けると見知らぬ二人の男が立っていた。どちらも防寒着姿だった。

「桐島さんですね」そういって太った男のほうが警察手帳を見せた。「部屋にいらっしゃってよかった。滑っておられるんじゃないかと思いましたから」

「何の御用でしょうか」

「片岡次郎《かたおかじろう》さんのことでお話を伺いたいと思いまして」

「片岡？ どなたですか」動揺を隠し、桐島はいった。

「御存じない？ そうですか」刑事は頭を掻《か》いた。「とりあえず、中でお話しさせていただいてもよろしいですか」

「どうぞ。散らかってますが」

二人の刑事をソファに座らせ、桐島はベッドに腰掛けた。

「殺人事件のことは御存じだと思いますが、その被害者が片岡さんです。昨日から、このホテルにお泊まりでした」太った刑事はいった。

「だから、そんな人のことは私は知らないんですが」

「片岡さんの部屋は何者かに物色された形跡があるんです。おそらく彼を殺した犯人の仕業でしょう。それはともかく、捜査員の一人が面白いものを見つけましてね」

「何ですか」

すると刑事は腕を伸ばし、曇った窓ガラスに『イロハ』と書いた。

「片岡さんの部屋の窓にも、このように指で書いた跡があったんです。一見したところではわかりませんが、息を吹きかけたら、うっすらと文字が浮かび上がってきたというわけです。片岡さんが部屋にいる時、何かの覚え書きのつもりでお書きになったものだと推定されます。かなり読みにくくなっていましたが、何とか一部は判読できました。こう書かれていました」

刑事は窓ガラスに指で、『ピッケル　9：00　キリ』と書いた。

桐島は心臓が飛び跳ねるのを感じたが、辛うじて無表情を保った。

「『ピッケル』というのは山頂レストランの名です。そこで九時に誰かと待ち合わせをしている、というふうに読めます。問題は『キリ』ですが、その後の文字が判読できないんです。そこで、これは人の名前ではないかと考えたわけです。『キリ』で始まる名前だというわけです。そこでホテルに尋ねてみたところ、現在このホテルに宿泊している人の中で、『キリ』で始まる名字の方は、桐島さん、あなただけなんです。それでお話を伺いたいと思ったわけです」

「なるほど」桐島は頷いた。「でも私は片岡なんて人は知らない」

「本当ですか」

「嘘をいったって仕方がない」

「では、まことに失礼なのですが、昨夜から今朝にかけての行動を教えていただけますか」

「アリバイですか。いいでしょう。幸い、証人は何人かいます」桐島は深呼吸した。

4

その夜も桐島は例の作家たちと食事を共にすることになった。彼が奈美に持ちかけたことだった。無論、狙いがあった。刑事が作家たちに、桐島のアリバイについての確認を取ったことは間違いなく、どのようなやりとりがあったのかを探り出そうと思ったのだ。

「殺人事件のことですがね」食事が始まって間もなく、作家が早速切り出してきた。「昨夜のナイター中に殺されたことは、まず間違いないそうです」

「ははあ」桐島は作家を見た。「そうなんですか。誰からお聞きになりました?」

「刑事です」作家はあっさりと答えた。「夕方、部屋に刑事が来たんです。彼等のところにも来たそうです」二人の編集者を見た。

「刑事たちの目的を当ててみましょうか」桐島は穏やかな表情を心がけていった。「私のアリバイを確認しに行ったんでしょう？」

隣で奈美がびくんと身体を硬直させる気配があった。彼女は訊いた。「あなたのアリバイを？　どうして？」

「ちょっとした偶然があってね」

桐島は刑事とのやりとりを妻に話した。刑事が来たことは、今まで黙っていたのだ。

「そんなことがあったなら、どうしてあたしに話してくれなかったのよ」

「今、こうして話してるじゃないか。どうってことない。どうせ、すぐに疑いは晴れるだろうしね」そういってから桐島は作家と編集者たちを見た。「刑事には、どんなふうに訊かれましたか」

「昨夜のナイター中のことです」作家は答えた。「夕食時、我々があなた方と一緒だったかどうか、確認しているようでした」

「で、何とお答えになりました」

「もちろん一緒だったといいました。ただ、少しだけあなたが席を外された時のことは、付け加えざるをえませんでしたけど」

「お仕事があるとかで、桐島先生が部屋に戻られた時のことです」女性編集者がいい添えた。

「三十分ほど、外しておられましたよね。バーに移る直前のことです」

「二十五分だけね」桐島は訂正した。「こんなことになるんなら、席を外すんじゃなかった。よく考えてみれば、大して急ぎの用でもなかったんだから」

「でも二十五分じゃ、犯行は無理でしょう」編集長がいった。「それぐらいのことは、警察だって、調べればすぐにわかることですよ」

「いや、二十五分あれば、理論上可能ではあるんだ」作家が反論する。「さっき、タカナカ君と二人で実際に滑って調べてみたんだ。リフトで頂上まで行くのに、約十二分かかった。犯行には一、二分あれば何とかなるだろう。残りは十二分」

「着替えたり移動したりする時間も必要ですから、それに十分かかるとして、残る時間は約二分。現場から滑り降りるのに、かけられる時間です」女性編集者がいった。

「あのコースを二分で滑り降りられるかな」編集長が首を傾げる。

「先程ヒガシノさんが、ほぼ二分ちょうどで滑り降りました」女性編集者がいう。「滑り方はでたらめでしたが」

「でたらめは余計だ」

「ヒガシノさんの、でたらめスピード狂の滑りで二分なら、ふつうの人じゃ、もっとかかるだろ」編集長が考え込みながらいう。「失礼ですが、桐島さんの腕前では……」

「不可能でしょう。今日も、妻に叱咤《しった》激励されながら、一番緩い斜面を汗だくで滑り降りたという有様でね」

「主人にAコースの斜面は無理です」奈美が横からいった。「もし滑ろうとしても、降りてくるのに何十分もかかると思います」

「それでも無理だよ」桐島はいった。「そもそも、滑ろうとしないがね」

「警察だって馬鹿じゃないから、桐島さんの力量についても調べるでしょう」作家がいった。

「そうすれば、たとえ席を外した時間があったとしても、その間で犯行を終えるという考えが机上の空論だということはわかるはずです。大丈夫、おっしゃるとおり、すぐに疑いは晴れますよ」

「そんなことをいいながら、ヒガシノさんも多少は私のことを疑ってたんじゃないんですか。だから、わざわざ時間を計って滑るなんてことをしたんでしょう?」

「いやいや、あれは単なる興味本位でして。ミステリ作家をしていると、こんな時、とりあえず実験をしたくなるものなんです」作家はあわてた様子で取り繕った。

「刑事が桐島さんのアリバイを確認したのは、窓ガラスに残された『キリ』という文字からでしょう?」編集長がいう。「でも、それだけで桐島さんを疑うのは変ですよ。スキー場なんだから、『キリ』といえば、気象現象の霧のことだと考えるのがふつうでしょ」

「手がかりがないから、いろいろな可能性を考えているということでしょう。まあ、災難だと思うことにしますよ」桐島は余裕の笑顔を作った。

「殺された人物というのは、どういう人だったのかな」編集長が呟《つぶや》いた。

「フリーのジャーナリストだそうです」女性編集者が答えた。「といっても、ゴシップを追うのが専門だったみたいですけど」

「恨まれそうな仕事だからな、敵も多かったんじゃないのか」作家がいった。

夕食後、桐島は奈美と共に部屋に戻った。

「どうしてあたしにいってくれなかったのよ」彼女は険しい顔で詰問してきた。

「だから、大したことじゃないからだ。楽しい気分を壊したくなかったし」

「そんなふうに隠されるほうが、よっぽど楽しくない。あなたはいつだってそう。あたしのことを子供扱いして……」奈美は涙ぐんだ。

そんなふうに怒るところが子供じゃないか、といいたいのを桐島は堪《こら》えた。

「ごめん。今度からは話すよ。何しろ、殺人事件の容疑者にされるなんてのは生まれて初めてだから、僕も戸惑っているんだ」

容疑者という言葉が刺激的だったのか、奈美は顔を曇らせた。

「本当に何の関係もないよね」

「当たり前だろ。何いってるんだ」桐島は陽気な声で答えた。「それとも、僕にあの急斜面を滑れると思うかい？」

「それは思わないけど」

「だろ？　そのことは君が一番よく知っているはずだぜ」

「そうね、ごめんなさい」

それから間もなく、奈美はベッドで眠り込んでしまった。桐島は妻に毛布をかけると、そっと部屋を出た。温泉につかるためだ。

奈美とは彼女がバイトで働いていた喫茶店で知り合った。話をするうちに、桐島が教《きょう》鞭《べん》をとっている大学の学生だと判明した。もっとも文学部だから、学内においては彼とは全く接点がなかった。

奈美が卒業するのを待って、プロポーズした。彼女は即座にオーケーしてくれた。彼女の両親は年齢差を気にしていたようだが、桐島には彼女を幸せにする自信があった。

結婚してから二年になる。何もかもがうまくいっていた。今年は子供を作ろうと正月には二人で決めた。そんな時、片岡が現れた。

片岡は、昨年話題になった、学生による有料乱交パーティを取材していた。そこに参加した人間を探し出し、実態を摑《つか》もうとしていた。その過程で、数年前に参加した、一人の女性に目をつけた。その理由は、当時女子大生だったその女性が、現在ある教授の妻になっていると知ったからだ。

いうまでもなく、その女性とは奈美であり、夫の教授とは桐島だった。

片岡は桐島に取引を持ちかけてきた。奈美のことを公表しないかわりに、一千万円を支払えというのだった。

払えない金額ではなかった。だが、片岡が今後二度と同様の取引を持ちかけてこないとはかぎらない。何より、奈美のおぞましい過去を、片岡などという卑劣な男が知っているという事実が、桐島には到底耐えられなかった。

今回の旅行が決まった時、桐島は片岡を殺害することを決心した。彼には、奈美にさえも秘密にしていることがあった。それを使えば、容疑が自分にかかることはないと思ったからだ。それだけに、片岡が窓ガラスに残した文字は痛かった。

大浴場に行くと、湯煙の中から、「桐島さん」と声をかけられた。目をこらすと、作家がつかっていた。横に編集長の姿もある。

桐島は、ゆっくりと左足を湯船の中に伸ばしていった。

「とんだスノーボード初体験になりましたね」作家がいった。

「全くです。まあしかし、滑れなくて幸いでした。あなた方のように滑れたら、もっと疑われるところだった」

「あなたが本当に滑れないかどうか、今頃刑事たちは必死で調べているかもしれませんね」

「いくら調べられても平気です。滑れるようになるには、ウインタースポーツの季節に、しかるべきところで練習をしなきゃならない。私にそんな時間がなかったことは、親しい人間なら誰でも知っています」

「なるほど。じゃあ、明日は我々と滑りませんか。これから上手になる分には、何の問題もないはずですからね」

「それは構いませんが、皆さんの足手まといになりますよ」

「大丈夫です。じつは編集長が腰痛を訴えておりまして、明日は初心者斜面で勘弁してほしいというんです」

作家の横で編集長が、情けない顔で笑った。

「それなら少しだけお付き合いを」桐島も愛想笑いを返した。

5

翌日の朝食後、桐島が奈美と共にスキーロッカー室に行くと、すでに作家たちは準備を終えて待っていた。

「早いですね」

「昨夜、かなり降ったみたいなんです。ですから、なるべく早くゴンドラに乗って、新雪を食っちゃおうと思いまして」作家がいった。

「なるほど。でも、私のような初心者じゃ、新雪のありがたみもよくわからないんじゃないかな」そんなことをいいながら桐島は自分のボードをロッカーから出した。

ゲレンデに出て、皆の後についてゴンドラに向かって歩いていると、一人の男に声をかけられた。初日に桐島が教わったインストラクターだった。

「じつは昨日、警察の人から質問を受けたんです」インストラクターは声をひそめていった。

「桐島さんのスノーボードの腕前はどの程度か、というような質問でした」

「ははあ、それで？」

「全くの初心者ですよと答えましたが、最初は疑ってたみたいです。初心者のふりをしているだけじゃないか、という意味のこともいわれました」

「先生はそれについて何と？」

「この仕事をしていれば、芝居かどうかはわかります。桐島さんは間違いなく初心者ですと答えたら、ようやく納得して帰りました。あのー、そのように答えておいて問題なかったでしょうか」

「それで結構です。先生が思ったままを答えてくださっていいんです」

「そうですか。それならよかった」インストラクターは安堵《あんど》の笑みを浮かべた。

ゴンドラに乗ってから、そのことを桐島は作家たちに話した。

「やはり刑事たちは、私のボードの腕前を疑っているようです」彼は笑顔でいった。「本当に下手だということを証明するのは意外に難しいものですね」

「まあふつう、そんなものを証明する必要はありませんからね」作家がいう。

「上手だということを証明するには、ヒガシノさんのように実際に滑って見せればいいのでしょうが」

「そのはずなんですがね、ここにいる二人が、僕が上手《うま》いということの証人になかなかってくれないのです」作家が女性編集者と編集長を横目で見た。

「いやその」編集長が咳払《せきばら》いをした。「ヒガシノさんに度胸があるということなら、いくらでも証明します」

「なんか気にくわないな、その言い方」

「大学教授というのは」女性編集者が桐島を見ていった。「出張で地方に行かれるようなことはあまりないんですか」

「ありますよ、たまに」桐島は答えた。「でも、私の場合は殆《ほとん》どありません」

「でも、たまにはあるんですね」

「あったとしても日帰りばかりです」そういってから桐島は彼女の顔を見返した。「少なくとも、スノーボードを練習できるような時間的余裕はありません」

「あなた」奈美が戸惑ったようにいった。「何をいってるの?」

「タカナカさんは、僕が地方に行った時などに、こっそりボードの練習をしていたんじゃないかと疑っておられるんだよ」

「いえ、そういうわけでは」彼女は手を振った。

「いいんですよ。怒ってるわけじゃありません。ただ、本当にそんな余裕はなかった。そのことは妻が一番よく知っているのですが」

ええ、と奈美は頷いた。

「少なくともあたしと結婚してから、冬場に出張したなんてことはありません」

「冬場に？」作家が反応した。「冬じゃなければあるんですか」

「六月か七月ですけど」奈美がむっとした。「毎年二週間ぐらい、新潟の大学で特別講義があるそうなんです。ねえ？」

妻に同意を求められ、桐島は顎《あご》を小さく引いた。

「協同研究をしている人物がいて、その人の頼みでね」

「新潟ですか」作家が首を傾げる。

「いくら新潟でも、六月や七月じゃ雪はありませんよ。それに、インストラクターもいっていましたが、初心者のふりをしていても、見る人が見ればわかるでしょう」

「それはそうです」作家は頷いた。

ゴンドラが頂上に到着した。五人はゲレンデに出て、ボードを装着した。

「じゃあ行きましょう」作家が初心者コースをスタートした。編集者たちもついていく。その後を奈美が追い、桐島も滑り始めた。

時折転倒したり、木の葉落としという初心者向けのテクニックを使いながら、桐島は緩い斜面を降りていった。途中で作家たちと奈美が待っているのが見えた。彼はゆっくりと彼等のところに辿《たど》り着いた。

「なかなかお上手じゃないですか。今回が初めてで、それだけ滑れれば上出来ですよ」作家がお世辞をいった。

「いやあ、これが精一杯です」実際、桐島は汗をかき始めていた。

長い初心者コースを二本滑り、三度目にゴンドラに乗った時、編集長が少し休まないかと提案してきた。

「腰痛がひどいのかい？」作家が訊《き》いた。

「ええ、休めば何とかなると思うんですが」

「じゃあ、上のレストランで休憩しよう。煙草も吸いたいし。桐島さん、それでいいですか」

「私も、そろそろ休みたいと思っていたところです」

「私はもう少し滑っていいですか」女性編集者がいった。「せっかくだからAコースを。奥様もいかがですか」奈美に尋ねた。

「じゃ、おじさんたちはほうっておいて、二人で滑りましょうか」奈美は目を細めた。

頂上に着くと、滑りに行く女性二人を見送って、桐島たちはレストランに入った。

席に着くと、注文もそこそこに、編集長はブーツを脱ぎ、顔をしかめて腰を押さえた。

「そんなに痛いのか」作家が訊く。

「すみません。持病でして」

「全く、そんなことでよく編集長が務まってるな」

「関係ないでしょう」

その時、編集長の携帯電話が鳴りだした。電話に出た彼は、すぐに血相を変えた。

「えっ、なんだって、そりゃ大変だ」

「どうした?」

「タカナカからです。桐島さんの奥さんが行方不明だそうです。コースアウトしたのかもしれないといっています」

「奈美が?」桐島は腰を浮かせた。「どこで?」

「Aコースの途中だということしかわからないようです。タカナカは一旦《いったん》下に降りて、ゴンドラに乗って、もう一度上がってくるそうです」

「コースアウトしたのだとしたら大変だぞ。木は多いし、岩肌の出てるところもあるから、怪我をしてるかもしれない。俺、見に行ってくるよ。見つからなかったら、パトロールを呼ぼう」そういうと作家はゴーグルをつけながらレストランを出ていった。

「私も行かなくては」桐島も立ち上がった。

「でもAコースですよ」編集長がいった。

「尻餅《しりもち》をつきながらでも降りていきます。じっとしていられない」桐島はグラブを手にした。

外に出ると、ボードを装着した。すでにヒガシノの姿はない。それを確認してからAコースに入っていった。

木の葉落としで急斜面をずるずると下りながら、桐島は妻を探した。平日なので、すいている。視界も良好だ。この状態で、どうして奈美はコースアウトなどしたのだろうと思った。

コースの端に張ってあるロープのそばに、赤いものが落ちているのを見て、彼は停止した。ゆっくりと近づいていき、それを拾い上げた。奈美の帽子に間違いなかった。すぐ横には、明らかに誰かが滑ったと思えるシュプールがあり、崖下《がけした》に向かって延びていた。

「奈美っ」

彼は夢中でロープをくぐっていた。シュプールを辿《たど》るように斜面に身を投げ出した。右足を前にし、四十度近くはあると思える斜面を滑り始めた。

やがて前方に人影が見えた。ウェアの色から奈美に間違いないと思った。雪の中で倒れているようだ。

「奈美、大丈夫か」

彼はその手前でブレーキをかけた。ボードを外し、新雪の中を泳ぐようにして彼女に近づいた。

彼女は振り向いた。よかった、元気なようだ——と桐島が安心したのは、ほんの一瞬だった。女は奈美ではなかった。あの女性編集者だった。

「ごめんなさい」呆然《ぼうぜん》としている彼に女性編集者はいった。「嘘なんです。奥様は、下でお待ちです」

「えっ……どうしてこんなことを」

その時だった。後ろから物音がした。振り返ると、作家が滑り降りてくるところだった。

「見事なライディングでしたよ、桐島さん」作家はいった。「あなたはやはりグーフィー・スタンスだったんですね。初心者に見せかけるために、レギュラー・スタンスで滑っていたというわけだ」

すべてが罠《わな》だったのだ、と桐島はようやく気づいた。彼のスノーボードの実力を確かめるために仕組まれたことだったのだ。

作家のいうとおりだった。桐島は足が左利きだ。だから多くの人が左足を前にして滑るレギュラー・スタンスなのに対し、彼は右足を前にしたグーフィー・スタンスで滑る。しかし今回の犯行を思いついた時、初心者に見せかける必要があると思い、これまでわざと逆のスタンスで滑っていたのだ。グーフィーで滑ったのはただ一度だけ、片岡を殺し、全速力でAコースを滑走しなければならなかった時だけだ。スタンスはレギュラー用に設定してあるので、そのままでグーフィーで滑ろうとするとボードを前後逆に使うことになるが、フリースタイルのボードは、基本的に前後どちらにも滑ることができる。

「私がグーフィーだということにはいつ気づいたんですか」桐島は作家に訊いた。

「タカナカ君がその可能性に気づいたんです。本来はグーフィーだが、初心者に見せかけるためにレギュラーで滑っていることも考えられる、と。その後、大浴場でお会いした時、あなたが左足から湯船に入るのを見て、おやと思ったわけです。ふつうは利き足から入るものだから、レギュラー・スタンスのあなたなら、右足から入るはずです」

「そうか」桐島は項垂《うなだ》れた。「風呂《ふろ》でね……」

「ボードの練習は月山で、ですか」女性編集者が訊いてきた。

「そうです」

「やっぱり。あそこなら新潟から近いし、七月でも滑れますものね」

「私が滑れることは奈美も知らないはずです。スキー場で突然滑って驚かせてやろうと思い、ずっと秘密にしてきたのです。だからこそトリックに使うことを思いついたのですが、皆さんに出会ってしまったのが運の尽きだったようだ」

「我々は警察に通報する気はありませんよ」作家がいった。「もし事件がこのまま解決しなければ、今回のトリックを小説で使うつもりです」

「その小説は、ぜひうちで書いてください」女性編集者が即座にいった。

桐島は笑った。

「自首します。トリックのことは諦《あきら》めてください」

「それは残念」そういうと作家はゆっくりと滑り始めた。

本書は、二〇〇四年五月に実業之日本社より
刊行された単行本を文庫化したものです。

ちゃれんじ？

東野圭吾《ひがしのけいご》

平成19年 6月25日　初版発行
令和7年 10月15日　13版発行

発行者●山下直久

発行●株式会社KADOKAWA
〒102-8177　東京都千代田区富士見2-13-3
電話　0570-002-301（ナビダイヤル）

角川文庫 14734

印刷所●株式会社KADOKAWA
製本所●株式会社KADOKAWA

表紙画●和田三造

ISBN978-4-04-371805-4　C0195

◆◇◇

角川文庫発刊に際して

角川源義

第二次世界大戦の敗北は、軍事力の敗北であった以上に、私たちの若い文化力の敗退であった。私たちの文化が戦争に対して如何に無力であり、単なるあだ花に過ぎなかったかを、私たちは身を以て体験し痛感した。西洋近代文化の摂取にとって、明治以後八十年の歳月は決して短かすぎたとは言えない。にもかかわらず、近代文化の伝統を確立し、自由な批判と柔軟な良識に富む文化層として自らを形成することに私たちは失敗して来た。そしてこれは、各層への文化の普及滲透を任務とする出版人の責任でもあった。

一九四五年以来、私たちは再び振出しに戻り、第一歩から踏み出すことを余儀なくされた。これは大きな不幸ではあるが、反面、これまでの混沌・未熟・歪曲の中にあった我が国の文化に秩序と確たる基礎を齎らすためには絶好の機会でもある。角川書店は、このような祖国の文化的危機にあたり、微力をも顧みず再建の礎石たるべき抱負と決意とをもって出発したが、ここに創立以来の念願を果すべく角川文庫を発刊する。これまで刊行されたあらゆる全集叢書文庫類の長所と短所とを検討し、古今東西の不朽の典籍を、良心的編集のもとに、廉価に、そして書架にふさわしい美本として、多くのひとびとに提供しようとする。しかし私たちは徒らに百科全書的な知識のジレッタントを作ることを目的とせず、あくまで祖国の文化に秩序と再建への道を示し、この文庫を角川書店の栄ある事業として、今後永久に継続発展せしめ、学芸と教養との殿堂として大成せんことを期したい。多くの読書子の愛情ある忠言と支持とによって、この希望と抱負とを完遂せしめられんことを願う。

一九四九年五月三日